アマウツシのもり

増田かな子
Kanako Masuda

文芸社

目次

本文イラスト——増田　かなこ

ぷろろーぐ――一枚の紙――

ある日、歩いていたら、空から紙が一枚、ぽかぽかと降ってきた。拾ってみると、鉛筆《えんぴつ》でふたのような四角いものがかいてあって、『あけてごらん』とある。あとは、真っ白。なんだ、これ？　画用紙のような、けっこうりっぱな紙なので、もったいないから拾って帰った。資源は大切にしなくちゃ。

家に帰って、自分の部屋へ入ったら、ちょっとびっくりした。今度は、壁《かべ》に鉛筆で四角がかいてあって『はってごらん』とある。だれだ？　いたずらしたのは。たしかここには、お気に入りのポスターをはったと思ったんだけど。とにかく、消しゴムでこすってみた。うっすらとした字なのに消えない！　それにこの四角の大きさは、もしかすると……。やっぱりそうだった。拾った紙とあわせてみたら、同じ大きさだった。そうしたら、ぴったりと吸いつくようにくっついてしまって、どんなにしても、はがれなくなってしまった。なんてこった。これは、困った。なんとかはがそうと四苦八苦していて、ふと気がつくと、かいてあるふたの取っ手のようなものが、妙《みょう》にでっぱって見える。指先でそっとさわってみると、やっぱりでっぱっている！　その時だ。『あけてごらん』の文字が、ぴくりと光ったように感じた。おそるおそる、そのでっぱりをつまんで、ひっぱってみる。なんと、鉛筆《えんぴつ》でかいてあるはずの四角いふたが、ぱかっと口をあけた。そのまま、そおっと開いてみると、中には黒っぽい、ほこりのようなものが、ぱらぱらっと散らばっていた。あとはなんにもない。カビのようにも見える。ゴミみたいだ。なんだかちょっと、がっかりしながら、ふたをしめて、そして、寝《ね》た。

次の日、壁《かべ》にくっついた紙の『あけてごらん』の文字が目に入った。変な夢でも見ていたのかもしれないと思ったけど、やっぱりふたはあいた。カビみたいなのは、どうなっただろう？　のぞいてみてびっくりした。カビなんて、もうどこにもない。見えたのは、虫？　魚？　動物？　いや植物かな？　とにかく生き物のように見える。あわててふたをしめた。

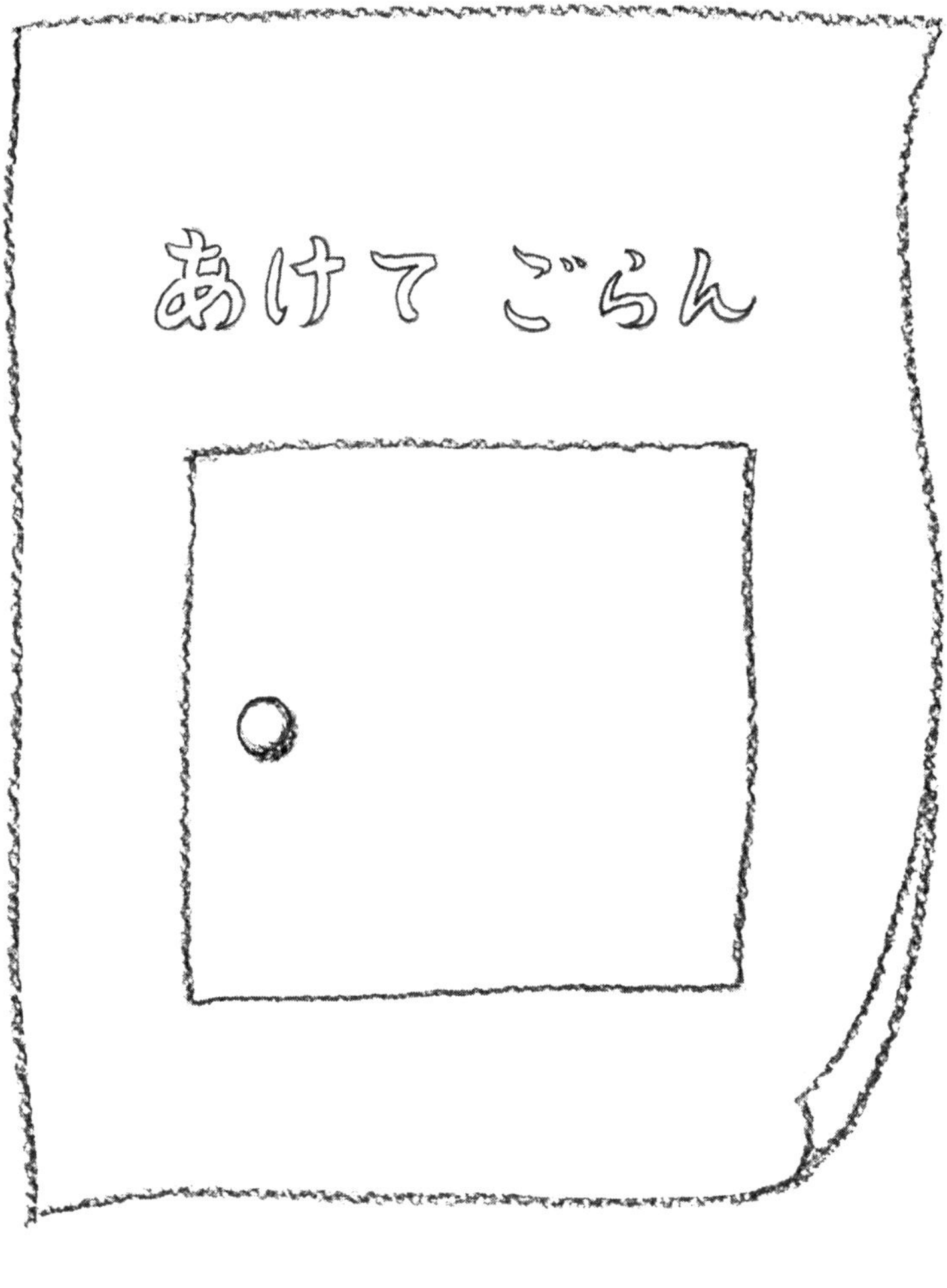
あけて ごらん

どっくん、どっくんと、びっくりしたなんてもんじゃなかった。錯覚《さっかく》？　気のせいかも。
息を整えて、もう一度ゆっくりあけてみる。やっぱり、それはあった。もうびっくりはしなかった。なんだか、おもしろかった。しばらくじっと眺《なが》めて、そして、寝た。

次の日、あれはどうなっただろう？　ふたをあけてみる。今度は、何かおいしそうなものが見える。なんだろう、あれは？　ハンバーグ？　コロッケ？　ラーメン？　いやいや、もっと何か食べたこともない、すごいごちそうのような、それとも色とりどりの野菜かな？　果物かな？　甘《あま》いお菓子《かし》かも。おいしそうな、いいにおいまでしてきそうだ。なんだか、見ているだけでもおなかいっぱいになりそうだ。しばらくじっと眺めて、満足して、寝た。

次の日、今度はなんだろう？　さっそくふたをあけてみる。そこには、まるでデパート中の品物をぜーんぶ、ぶちまけたように、なにもかもがありそうに見えた。宝石に時計にバッグに、それだけじゃない。自動車から電車、飛行機、船、ロケットに宇宙ステーションのようなものまで見えた。住宅からビルから電化製品まで、とにかくお金で買えるすべてのものが、そこにあるかのようだった。とにかく、すごい。思わず夢中になって、眺《なが》めて、そして、寝た。

次の日、わくわくしながら、ふたをあけてみる。あけたとたん、すごい風圧のようなものを感じた。水しぶきまで、飛んでくるかのようだ。台風か？　竜巻《たつまき》か？　火山のような、それでいて海のような、砂漠《さばく》のようでもあり、連なる山々のようでもあり、それでいて、草原や湖や川やジャングルのようでもあって、雪か氷山のようでもあった。なにしろ、とてつもない迫力でせまってくるのだ。こういうのを、どうしても言葉で表すとするなら、大自然の驚異《きょうい》としか言えないだろう。すっかり見入ってしまった。圧倒《あっとう》されながら、眺めて、そして、寝た。

次の日、ふくらんだ期待に、はちきれそうな気分であけてみた。あまりのすごさに、がく然とした。そこは阿鼻《あび》叫喚《きょうかん》の中だった。怒《いか》りとか憎《にく》しみとか悲しみとか、苦痛、残酷《ざんこく》、とにかく、言いようのない悲惨《ひさん》と、絶望と恐怖《きょうふ》のようなものが、そこにはあった。とてもそれらすべてを言い表すことなど、できそうになかった。それらが、ぬたり、ぬたりと、ふたの外まで出てくるかのように感じて、思わずふたをしめた。たったそれだけだったのに、なんだかとても疲《つか》れた。その日は、なかなか眠《ねむ》れなかった。

次の日、ふたをあけるのがちょっと怖《こわ》かった。やめようかとも思ったけど、『あけてごらん』の文字の誘惑《ゆうわく》には勝てなかった。こわごわ、そおっとあけてみる。昨日のあれは、もうなかった。ほっとするのと同時に、思わず息をのんだ。吸いこまれそうなくらいに、きらめくものがそこにあった。青でもあるし、緑でもあるし、白でもあるし、紫《むらさき》でもあり、パステルカラーに輝《かがや》いているようだった。たぶん、生命力というのは、こんな感じがするのだろう。宇宙から地球を見た時、宇宙飛行士たちは、こんな感じを味わったのかもしれないと思った。なんだか、すばらしかった。感動でいっぱいになりながら、うっとりと眺《なが》めて、そして、寝た。

次の日、なんだか落ちついた気分で、ふたをあけた。そこは七色に輝《かがや》く世界だった。無限の叡智《えいち》、宇宙の神秘と言ったらいいようなものだろうか。やはり、言葉で表すのは難しい。そんなちっぽけな、せまいものではないような気がするのだ。その無限のすばらしさの中に小さな自分が、ぽっかりと無重力状態で、浮《う》かんでいるような感じがした。しあわせにひたりながら眺《なが》めて、そして、寝た。

次の日、ふたをあける前、自然に手を合わせてしまっていたことに、ちょっと照れ笑いを浮かべながら、取っ手をひっぱる。中には、やわらかな光のようなものがあふれていた。あたたかくて、やさしくて、おだやかで、希望に満ちている、そんなものにすっぽりと包みこまれて、どちらが上でどちらが下か、手がどこで足がどこだかさえ、わからないような気分だった。至上の心地よさ、としか言いようがない。そのようなものと、すっかりひとつに溶《と》けあってしまったような感じで、どこまでが自分と言ったらいいのか、わからなくなってしまったほどだ。そんなおだやかな金色の光のようなものが、どこまでもどこまでも続いていた。このままずっと、眺めるのをやめないでいようかと思ったくらいだ。と、その時ふと、だれかに呼ばれたような気がしたので、ふたをしめて、そして、寝た。

次の日、とてもおだやかな気持ちでふたをあけた。中は、からっぽだった。一生けんめい目を凝《こ》らしてみるが、何も見えない。それでも眺《なが》めていると、小さな何かが、キラキラと光って、『タイセツナモノハ　メニミエナイモノ、ホントウノモノハ　メニミエナイモノ、ヒトツデアッテ　スベテデアルモノ』と見えたように感じた。その時だった。なつかしくてたまらないような、いとおしくてたまらないような、なんとも言えない気持ちが、ぽかぽかと陽《ひ》だまりにいるように、全身に伝わってきた。中はなんにもないのではなく、とても大切なものがあふれそうなくらい、いっぱいつまっていたのだった。たしかに目には見えない。だけど、なによりたしかにある！　なんだか、ほんとうにうれしくなって、ありがとうと、心の底から自然にわきあがってきたその言葉に包まれながら、いつの間にか、眠《ねむ》ってしまった。

次の日、壁《かべ》には何もなかった。はがれて落ちていたのは、以前そこにはったと思っていた、お気に入りのポスターだった。

あけてごらん

よく見ると、ほんのわずか、壁にうっすらと鉛筆《えんぴつ》の線らしきものが残っているようにも見えるが、はっきりしない。

でも、それより心の中には、ぽかぽかと陽だまりのように、あたたかくて、なつかしいようなあの気持ちが、はっきりとたしかに残っていた。ありがとう、とつぶやいてみた。だれにでもやさしく、親切にしてあげたいような気持ちが、ぽかぽかとわきあがってくる。そして、なんとなくわかってきた。空から降ってきたあの紙は、たぶん、またかだれかの上へぽかぽかと舞《ま》いおりて、こんな気持ちをぽかぽかとわかせて、ぽかぽかを増やしながらまわっているのだろう。今ごろ、だれかの上へ舞いおりたにちがいない。そのだれかが、びっくりする様子を想像して、にこにこしながら、そう思った。そして、いつか、どこかで、あなたのところへ、どこからか、ぽかぽかと……。

アマウッシのもりへ

「ちゃんと、しっかり投げろよーっ」

今日は、体力測定、スポーツテストの日。ソフトボール投げの記録は三メートルだった。怒号《どごう》のようなかけ声に、体中をこわばらせて力いっぱいの第二投。でも……。

「二メートル！　おまえ、ちゃんとメシ食ってきたのかぁ」

からかいとも、あざけりとも、はげましとも受けとれるけど、みんなは少なくともその五倍から十倍くらい投げている。自分だけ、なんでこうなのか、わけもわからず、ただただ、情けない、悔《くや》しい。自分の内側の何かが、ひきちぎれて、まるで命が漏《も》れ出ていくかのような冷たい汗《あせ》にひやされて、体の芯《しん》がこきざみに震《ふる》える。そして、こんなふうな自分が、どうしようもなく、ひたすら悲しくて、みんなの前では笑顔を見せていたけれど、それは力無く、心の中は真っ暗闇《やみ》の沼《ぬま》の底に一人ぼっちでいた。鉄棒、上り棒、運てい、手のマメは破れて血が流れるほど、一生けんめいなのに、がんばっているのに、ただつかまっているだけで、ほとんど動けない。それはどう見ても、あの動物のナマケモノとそっくりだった。一事が万事、大体こんな具合だった。ただ、たぶん、ちょっとしたコツみたいなものが、わからなかっただけなのだ。右手でボールを投げる時、右足を前へふみ出したら、うまく投げられないよ、というようなことが。

社会の時間だった。

「今日は、地図の見方の勉強をします。これは、みなさんの町の地図です。地図を机の上に広げて、地図のずっと上の方を見てください。その方角を『北』といいます。こら、そこ！　天井なんか見上げていないで、ちゃんと地図を見て！」

地図のずっと上、すなわち、それは天井だ、と思ったのに。

「はい、今度は下の方を見てください。その方角を『南』といいます。また、そこ！　地図をめくっていないで、よく見なさい。ちゃんと聞いていないと、今にわからなくなりますよ」

地図の下には、机があった。

「北の方を向いて、右手の方角を『東』、左手の方角を『西』といいます」

みんなは、なるほどという顔で、地図と向きあっている。上の方を向いて右だ左だと言われても、ぐるっと回ったら左右反対になるし、ちょっと動くだけでも左右あやふやになる。ちゃんと聞いていたけど、言われたとおり、さっぱりわからなくなった。

家に帰ったら、

「東西南北も覚えられないなんて。このまま大人になったら、どうなると思う！　だれでもみんなわかることなのに、それについていけないなんて。ああ、情けない。なんて、どうしようもない子だろう。ちゃんと先生のお話をしっかり、性根《しょうね》をすえてよく聞きなさい！」

ゴツン!!

頭にもらったたんこぶにも、ヒリヒリと責められて、心の中は暗く悲しい雨が降っていた。こんな難しいことがわかるなんて、みんななんて頭がいいんだろう。やっぱり言われたとおり、自分はとんでもなくどうしようもないんだと、しみじみ思った。たぶん、ただ地図という平面と、町という立体的な空間とが、頭の中でごちゃまぜになっていただけなのだ。これだって、ちょっとしたコツみたいなものが、わかってさえいれば……。

ほんとに、そうだ。もっとずっと前は、『お金』というモノを使って、ほしいものを『買う』ということもわからなかった。『お金』はどう見ても、大きさや色が違《ちが》う、いろいろな種類の丸い金属にしか見えなかった。だから、いくつかの丸い金属と大好きなメロンパンがとりかえっこしてもらえるなんて、とても信じられなくて、お金を持たされて初めて一人で行かされたパン屋さんで、おばさんがメロンパンをくれた時は、正直ほっとした。だって、『お金』とかいうものは、食べられない。どう考えたって、あの丸い金属に、おいしいメロンパンと同じ価値があるとは、とても思えない。自分だったら、きっとかえっこなんかしないだろう。さらにわけがわからなかったのは、銀色の穴のあいた金属一つと茶色の金属五つは、同じ価値だという。これは、どう見たって同じじゃない。色も形も数も、重さだって違う。他にももっと同じ価値の組み合わせがあるという。たとえば、金色の穴のあいた金属一つは、軽くて穴のあいていない銀色の金属五つと同じ価値だという。穴あきの金と銀では、銀の方が値打ちが上だという。ふつう、金の方が上だと思うけど。こういう同じものの組み合わせパターンは、もっともっとあって、みんなはそのひとつひとつのパターンを全部覚えているらしい。それで、多いとか少ないとか言って、『おつり』というもののやりとりをする。それがみんな一瞬《いっしゅん》にしてわかるらしい。すごい！　天才だ。さらに、紙でできた『お金』もあって、『おつり』はいくら、と算数の時間に問題を出されたけれども、さっぱりわからなかった。足し算や引き算、かけ算だってわかるけど、そういう計算とは、まったく別世界の計算にしか思えなかった。これも、ちょっとしたコツさえのみこんでいれば、わかったかもしれないのに。そのころは、自分の考えていることを人にわかるように話すこともできなかったのだ。

「わからないことがあったら、ちゃんとたずねなさい」

と言われても、何がどうわからないかがわからなくて、うつむくばかり。一事が万事、大体こんな具合だった。

「なんという出来の悪い、ダメな子だろう。一体、何を考えているんだか。ぐずで、のろまで、頭の中がくさってるんじゃないのか、それとも、ほんとにどこか病気なのか」

周囲から、そう言われながら、そのまま月日は過ぎた。

あいかわらず、人間社会においてのちょっとしたコツのようなものがわからず、のみこめないまま、表面だけ少しコーティングするようなコツくらいは、ようやくつかめてきていた。できるだけみんなと同じように、とんでもなくならないように、できるだけふつうに、そういうふうに日常心がけてふるまうようにしていたのだ。でも、だんだん大きくなるにしたがって、自分の内側と周囲とのギャップは、目に見えないがどんどん大きくなっていった。そして、今にもはちきれんばかりに大きくふくらんでいった時、〝もうすぐだ、もうすぐだ……〟と、きしむ音さえ聞こえてくるようになった。一体、何がもうすぐなのか？　それは、いいことなのか、よくないことなのか？　それは、いつ？　どこで？

それは、いつもの夜と少し違《ちが》っていた。突然《とつぜん》だけど、なんだか地球と、心つながる友だちになれたような気がしてきたのだ。一人ぼっちでいるのが、あまりにつらくて、勝手な想像が浮《う》かんできたのかもしれなかった。

その晩、夢を見た。

ほぼ満席の観客が集まっている、大きな丸天井の競技場のようなところ、よく見ると、いろいろな民族衣装をまとった、さまざまな国の人たちのようだ。中央には、いかにも長老といった感じの人物が一人、ライトを浴びているように白く輝《かがや》いて立っている。そして、こんなに広くて、たくさんの中にいる、たった一人を呼んだ。声を発したわけでもない、言葉が心の中に伝わってきたわけでもない。

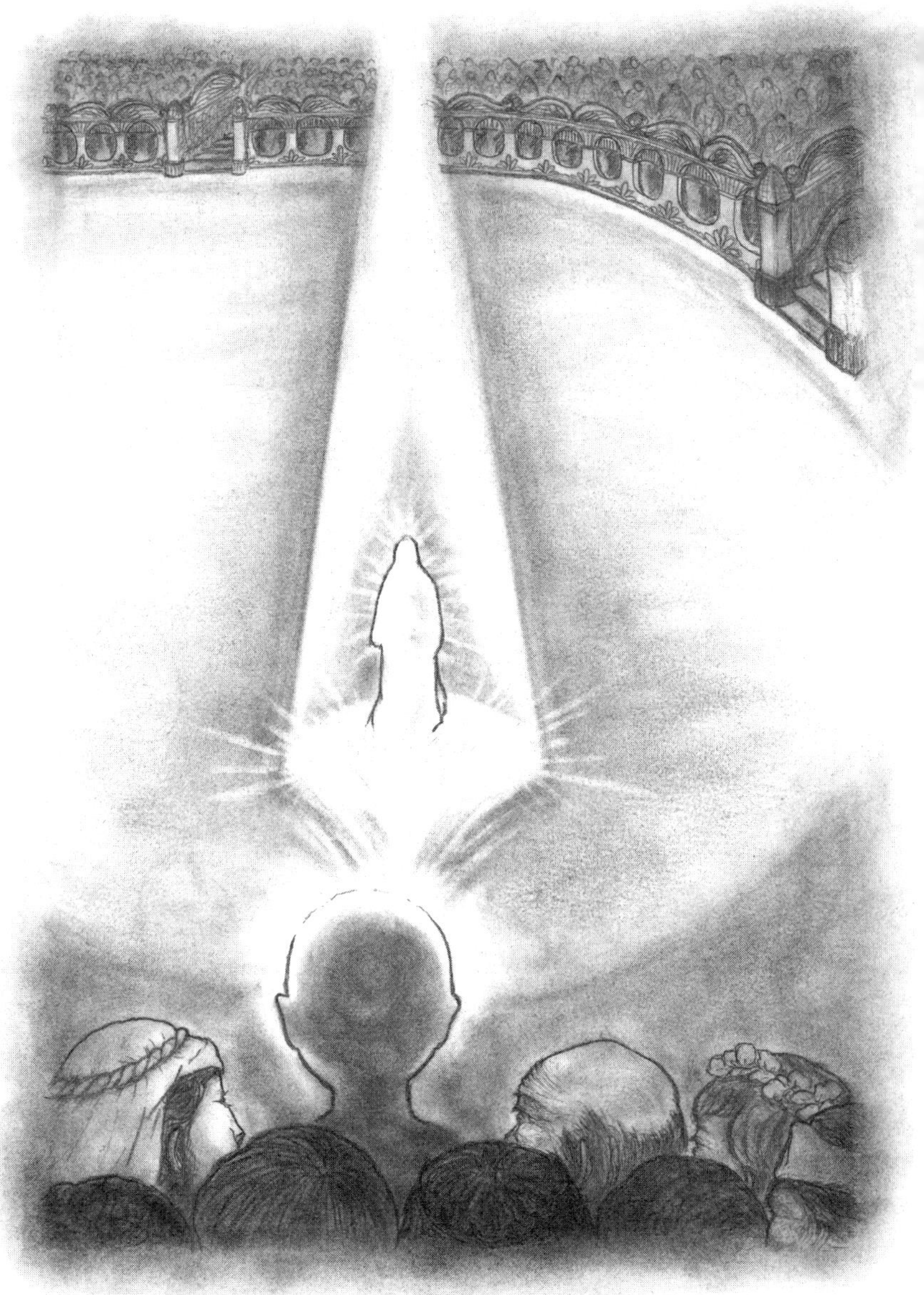

なのに、そこにいる全員に一瞬《いっしゅん》にして、それがわかった。なんという呼びかけ方だろう。たくさんの人の視線が一斉《いっせい》に、自分に注がれた。そう、呼ばれたのは、なんとわたしだったのだ。観客席の間をぬって、長老さんの方へと近づいていく。その間にも、人々の〝どうして、この子が選ばれたのだろう〟という心が、はっきり伝わってくる。それは、わたし自身も同じ気持ちだった。ただ、わたしが呼ばれたことは、はっきりわかった。今まで聞いたこともない、ほんとうの名で呼ばれたのだ。それは、言葉をはるかに超《こ》えていた。それまで、みんなから呼ばれていた名前は、陽炎《かげろう》のようにうすらいで感じられるほど、ほんとうの名には、きらめくような真の力があった。そのことを遠慮《えんりょ》がちにほこらしく思いながら、観客の間を進んでいく。そして、長老さんの真正面に立った。

「あなたが、こうしてここに呼ばれたわけは、わかっているはずです。これからあなたは、今までとは違《ちが》った生き方をしなくてはなりません。今から、そのしるしを与えます」

と、長老さんはおもむろに語り、何かをわたしの口へ吹《ふ》き込《こ》んだ。とその時、わたしは粉々に砕《くだ》け散った。分子、原子、電子のレベルにまで……。わたしは無くなってしまったのだろうか？　いや、まったくその反対だった。素粒子状《そりゅうし》のわたしは、この宇宙へ散《ち》り散《ぢ》りに広がって、ありとあらゆるものと溶《と》け合い、混ざり合って渾然《こんぜん》一体と化していた。宇宙空間を漂《ただよ》いながら、さん然と光を放つあの星もわたしだ、回り旋《めぐ》るこの星もわたしだと実感できた。なんと、その星に生息している植物や、動物、微生物までもが、それはわたしであると、すっかり感じられる。この宇宙に存在するすべては、すなわち、わたしであると、深く感じられるのだ。こんな、こんなことって、あるのだろうか。思いあがりも甚《はなは》だしい。そんなばかな、これは夢だ空想だと思いたくても、どうにもあらがうことのできない、圧倒《あっとう》的な存在として、すべてを包み込んでいるかのようだった……。あとは、よく覚えていない。その他のうっすらと断片的な夢の記憶《きおく》が残っていた。

目が覚めても、頭がぼーっとしていた。歩いていても何か変だ。床《ゆか》も地面も、ふわふわしていて、実体がないみたいに感じられる。変な夢を見るくらい、体の調子がおかしいのかもしれない。周囲の様子は、あいかわらずだし、またとんでもないことをやったり、言ったりしないようにふるまわなくては、と、いつものように外へ出た。いつものようにだれかとあいさつを交わし、いつもの道を通る。だけど、やっぱり何か変だ。何だろう、これは……？
いつもの町には、なんと、音が無かったのだ！　そして、色も抜《ぬ》けてしまっている！　古い写真のように、あたりにはセピア色の町の風景が広がっていた。ようやく異変に気がついたその瞬間《しゅんかん》、わたしは……黄金色の光の中で……砕《くだ》け散った……。こんなことが、いつだったかあったようなと思いつつ、叫《さけ》び声をあげる間もなかった。

〝ああ、いろいろ、たくさん、あったけど……
みんなに迷惑《めいわく》をかけないように、
できるだけ、みんなと同じように……
デモ、ウマクデキナクテ、ゴメンナサイ……
みんなにいやな思いをさせないように、
できるだけ、とんでもなくならないように……
デモ、ナカナカデキナクテ、ゴメンナサイ……
とても、言葉で表しきれなくて、
意識が遠くなったり、近くなったり……

ワザワイ　テンジテ　フクトナス……〃

なんだか、とても心地よくて、あたたかくて、やさしくて、家に帰らなきゃという思いも、迷惑《めいわく》をかけちゃいけないという考えも、すっかりどうでもよくなってしまった。それほどまでに、すべてを忘れさせるほど、黄金色の光の中は至上の心地よさだったのだ。ずっと、ずっと、永遠にそうしていたいように感じていたのに、何かに吸い込まれるように、引っぱられていく……。

ふと気がつくと、ベッドに横たわっていた。かたわらにだれかが、にこやかに微笑《ほほえ》んでいる。見たことはないけど、とてもよく知っている方だと感じた。どこもかしこも、なつかしいほどのやさしさに、すっぽりと包まれた。

「ようこそ、アマウツシのもりへ。大丈夫《だいじょうぶ》ですか？　しばらく、ゆっくり休んでくださいね。なにしろ、急にこちらへ移ってきましたから」

「あ、あの……」

「何も心配いりませんよ。ここは、アマウツシのもりの中に用意されていた、あなたのお家《うち》です。もとの世界のことは、ここにいてもわかりますから」

たしかに頭の中にテレビがあるように、それが観《み》てとれた。

「ここは、アマウッシのもりの中といってもまだ入口にほど近いところですから、もとの世界へ行くこともできますし、またこちらへ戻《もど》ってくることもできます」

もとの世界へ帰る気にはならなかった。こちらの方が、ほんとうのわたしの居場所だと直感した。ふつうにしなくてはとか、とんでもなくならないようにとか、もう、そんな必要は一切ない、ありのままの本来の自分でいてよいのだとわかった。それを、そっくりそのまま、そっと受けとめてくださるような方々が住んでいるところなのだと。やっと、お家《うち》に着いた、ふるさとへ、ほんとうの世界へ戻ってきた。リアリティーある、希望と歓《よろこ》びとやさしさにあふれるこの世界、アマウッシのもりへ。

愛情いっぱいのなつかしさにあふれるその方が言った。

「私は、みなさんから、通称《つうしょう》〝賢者《けんじゃ》さん〟と呼ばれています。あなたにも、何か呼び名をつけなくてはね。何か興味のあるものとか、ありますか？」

その時、ずっと心の奥《おく》にしまってあった思いが言葉になってほとばしり出た。

「アレクサンドライトっていう石、鉱物が、ずっとほしかったんです。でも、とても高価なものでしたから……」

「では、アレクサンドライトからとって、アレクサンドとお呼びしましょう。なかなかいいかもしれませんね」

「はい。アレク、アレク、わたしはアレク、わたしは……」

賢者《けんじゃ》さんは、いとおしそうに、くすくすと笑いました。

「大丈夫《だいじょうぶ》ですよ、アレクさん。そんなに簡単に忘れませんよ。ほら、よく心をすまして聴《き》いてごらんなさい」

なんと、家の中のものが、ベッドも枕《まくら》も、いすも、食器も、テーブルも、そればかりか、外からも、風や空気からさえも、聴こえてくる。

〝アレク……アレク……ようこそ、アレク……よろしくね、アレク……〟

なんだか、くすぐったいようにうれしくて、照れくさかった。

「みなさんが、いろいろ手伝ったり、教えたりしてくれますから、ここでの生活には困りませんよ。アレクさんの自由にしてくださっていいのです」

自由……なんて輝《かがや》いて響《ひび》いてくるのだろうか。まるで、初めて識《し》ったような言葉だった。賢者さんは、うれしそうに微笑《ほほえ》んでいた。わたしは、気づいて言った。

「そうだ、あの、出かける時なんかは、お家《うち》に鍵《かぎ》をかけないと。あの、カギはどうしたらいいんでしょう」

「アレクさん、アマウツシのもりでは本来、鍵《かぎ》なんか必要ありませんよ。でも、ここは向こうの世界に少し近いことですし、まあ、慣れるまで、言葉の鍵でもつけておきましょうか。何か思い浮《う》かぶ言葉がありますか？」

賢者《けんじゃ》さんは、ドアにそっと手をふれながら、たずねた。

「……うれしいなったら、とろろいも……」

賢者さんは、もとの世界のみんなのように、変だとは言わなかった。とても楽しそうに微笑《ほほえ》みながら、

「とろろいもが、お好きなんですか？」

「いいえ、特にそういうわけでは……」

「なかなか、これも響《ひび》きのいい言葉ですね。これで、もうカギはつきましたよ。アレクさんがその言葉を言えば、鍵はかけられますし、あけられます。他《ほか》のだれかが同じ言葉を言っても、鍵は開きませんから、大丈夫《だいじょうぶ》です。さあ、そろそろ、おいとまおいとまするることにしますね」

わたしは、ベッドから起きあがって、ドアのところまでお見送りした。

「まずは、ゆったりと過ごしていてください。もし、私に用のある時は、そのように強く想《おも》えば、歩いても私の家にたどり着きます」

賢者《けんじゃ》さんは、もりの中へ溶《と》け込むように、すーっと消えていった。ここでは、それがとても自然に感じられて、不思議とも思わなかった。

こうして、わたしは、アマウツシのもりに住むことになった。これから、ほんとうの、わたしの物語がはじまる、わくわくするような、そんなふうに感じられるのだった。

賢者《けんじゃ》さん

ここはアマウツシのもり。わたしはアマウツシのもりのアレクといいます。このアマウツシのもりには、いろいろな方々が暮らしていらっしゃって、そして現代社会から見れば、少しばかり浮世離《うきよばな》れしているように見えなくもないようなところです。

アマウツシのもりには、樹齢《じゅれい》千年とも万年とも言われる、りっぱな切り株があって、そこには賢者《けんじゃ》さんが住んでいます。賢者さんとお呼びしていますが、もちろん、ほんとうの名ではありません。アマウツシのもりでは名というものには、そのものの本質を表す偉大《いだい》な力がこめられているとされていて、ほんとうの名は、表向きめったにあかされることはありません。ふつう、名前で呼ばれていても、書いて字のごとく、名をあかす前、つまり通称《つうしょう》ニックネームで呼ばれているものがほとんどです。

この賢者さんは、住んでいるところから想像されるような老人の外見ではなく、かなりお若いように見えるのですが、ほんとうはこの切り株にもおとらぬくらいの年齢だとか、いやそうではないとか。

このごろ、あるうわさを聞きました。あの〝一枚の紙〟、これからどこへ飛んでいくのかは、わからないにしても、どこでだれが、何のために、とかねがね思っていたのですが、なんと、出どころはこのアマウツシのもりだというじゃありませんか。しかも、あの賢者《けんじゃ》さんの仕業《しわざ》だというのです。このうわさの真偽《しんぎ》を確かめるために、りっぱな切り株のお家《うち》に住む賢者さんを訪ねてみることにしました。

アマウツシのもりの、ほぼ真ん中にある大きな切り株の前に立つと、こちらの方がアリくらいの大きさに縮んでしまったんじゃないかと思ってしまうほどです。これといって玄関《げんかん》らしいものは、どこにもありません。

「こんにちは。賢者さんはいらっしゃいますか？」

しばらくすると、どこからともなくすーっと入口がひらいて、賢者さんがあらわれました。一体、どんなしくみになっているんだろうと、不思議に思うのですが、お留守でない限り、いつもこんな具合です。

「いらっしゃい、アレクさん。さあ、中へどうぞ」

お家の中へ入ると、おだやかな光と木のいい香りが漂《ただよ》い、壁《かべ》は自然ににじみ出た樹液で、ほんのりしっとりと、つややかです。

いつものいすをすすめられてすわると、ゆらゆらゆれて、苔色《こけ》のクッションのほのかなぬくもりを感じながら、うっとりとしたいい気持ちになります。

「ようこそいらっしゃいました。まずは、お茶をどうぞ」

わたしのような若輩者《じゃくはいもの》にまで、ていねいなふるまいをされるなんて、ほんとにりっぱな方なんだなあと、来るたびに思ってしまいます。

「ありがとうございます。いただきます。ここは、いつ来てもほんとにいいところですね」

いい香りのするお茶をすすりながら、つい、のんびりかまえてしまいます。おっとそんな場合ではありませんでした。

「今日は、おたずねしたいことがあって来たんです。あの〝一枚の紙〟なんですけど、うわさでは、賢者《けんじゃ》さんの仕業《しわざ》じゃないかっていうんですが、そうなんですか?」

「ええ、そうです」

あまりにもあっさりと答えられてしまって、あわてて次の言葉をさがしていると、今度は賢者さんの方からたずねられました。

「アレクさんのところへも、あの紙は行きましたか?」

「いいえ。来てほしいとは思ってるんですが。うちもはしっこの方とはいえ、アマウツシのもりに住んでいますから、あちらの世界で飛んでいる〝一枚の紙〟がここに来るわけないかなとか、いろいろ思ったりして。でも不思議な紙ですよね。もちろん創《つく》り方をうかがってもわかりっこありませんけど、一体何のために創られたんですか？」

「うふふ」

賢者《けんじゃ》さんは、いたずらっ子みたいに笑いました。

「びっくりしてもらいたかったからなんです」

「えっ？」

「わたしは、びっくりさせるのも、びっくりするのも好きなんですよ」

「でも、でもですよ、現代社会はただでさえストレスが多くって、大変で、みんなサプリメントなんか摂《と》っているくらいで、ただびっくりしただけでも体の中のビタミンCが五〇〇ミリグラムも減ってしまうっていうじゃありませんか。その上、さらにびっくりさせるなんて、ちょっと気の毒なんじゃないでしょうか？」

「アレクさん、いろいろなことを知っていらっしゃいますね」

「いいえ、以前テレビで見たものですから、その受け売りなんですが」

「そうですね、世の中を見ていると、とても大変ですよね。だからこそ、ほんとうのびっくりを味わってもらえたら、と思ったんです」

「ほんとうのびっくりって……？」

首をかしげていると、お家《うち》の中に漂《ただよ》うおだやかな光そのままのような言葉で賢者《けんじゃ》さんは語りはじめました。

「びっくりにも、いろいろなびっくりがあります。ちょっとしたびっくりから、自分の想像をはるかに超《こ》えた意外性を持つびっくりとか、恐怖《きょうふ》をともなうようなびっくりとか、ひとつひとつ見ると、とてもたくさんのびっくりがあふれています。でも、ほんとうのびっくりというのは、感動そして感謝というような深い想《おも》いをともなったものだと、私は考えているのです。世の中がどんどん便利になって、どんどん高級化、高速化されて、ほしいものは簡単に手に入り、やりたいこともわりとすぐにやれてしまうことが多いですから、そういうことに慣れてしまって、そんなことは当たり前と思うことが多く、簡単にはびっくりしなくなってしまったんですね。それはそれで良いこともありますが、次から次へと出てくる新しいものにびっくりするだけで、表面的なうすっぺらなびっくりがほとんどなんです」

「そういえば、初めて賢者《けんじゃ》さんのお家《うち》へ入る時は、びっくりしましたよ」

びっくりさせるのが好きな賢者さんらしく、満足そうににっこりと微笑《ほほえ》むと、再び語りはじめました。

「ほんとうのびっくりは、目で見たり、さわったりしただけのびっくりではなくて、見えたり聞こえたりするのは、ほんの引き金にすぎないのです。人によってびっくりの深さは違《ちが》いますが、一般《いっぱん》にびっくりする能力が衰《おとろ》えてしまっているんですね。ちょうど使わなくなった筋力が衰えてしまうように。自動車という便利なものがあるので、良いこともあるかわりに、足が弱くなったりその他のいろいろな問題がおこったりします」

「そうですよね。最近では健康のために、ウォーキングしている人もたくさんいますし、それに事故の問題があったり、低公害車とかが注目されてますし。そういえば、健康で長生きされているお年寄りは、よく歩いている方が多いと聞きました」

「ほんとうのびっくりする能力も同じで、それをとりもどしていただけるお手伝いをするために、あの〝一枚の紙〟があるわけです」

「なるほど。でも、あの紙を拾った方が、破いたり捨てたり、燃やしたりしてしまうかもしれません。もし、そんな時はどうなっちゃうんでしょうか」

「ご心配なく。もし、そのようなことをしようとなさっても、その方からはたちまち見えなくなってしまいますし、紙があったことすらも、いつの間にかあとかたもなく忘れてしまうようになっています。第一、あの紙自体が、そのような方のところへは、自然と近づかないしくみになっているのです」

すっかり感心してしまいました。賢者《けんじゃ》さんのお話はさらに続きます。

「びっくりする深さが人それぞれ異なるように、あの紙の中を見てもそれぞれにあわせて、違《ちが》うものをごらんになります。もっとも、根本的なところは変わりませんけれど。そして、ほんとうにびっくりする能力をとりもどした方々がだんだん増えていけば、世の中も少しずつ変わってくるかもしれません。びっくり好きなわたしからのささやかな贈《おく》り物というか、ちょっとしたいたずらみたいなものですね」

「そうなんですか。みなさん同じビジョンを見るのだとばかり思ってました。ああ、わたしのところへも来ないかしら、あの紙」

「……アレクさん、あなたはご自分のほんとうの名を識《し》っていますか？」

一瞬《いっしゅん》、まるで真冬の湖にキーンと氷が張りつめたかのような、静寂《せいじゃく》で神秘漂《ただよ》う一言が響《ひび》きました。あまりに唐突《とうとつ》と思える賢者《けんじゃ》さんの質問、緊張《きんちょう》とためらいの上に、ちょっぴりの勇気をひっぱり出して、やっと答えました。

「はい……識《し》っています」

すると賢者さんは、朝陽《あさひ》のように輝《かがや》く笑顔で言いました。

「それは、よかった。そして残念ですが、あの紙はアレクさんのところへは行かないでしょう」

「ええーっ！　なぜなんですか」

「ご本人が自覚していると否《いな》とにかかわらず、ほんとうの名を識りたいと望んでいる方のところへと、あの紙は引き寄せられるからです。そして、ほんとうにびっくりできる人と、ほんとうの名、本質を識っている方とは、本来同一なのですよ。……あなたのところへ、すてきな贈《おく》り物が届きますように……」

　なんだかなぞめいた賢者さんの言葉と〝一枚の紙〟は来ない、と言われてしまったことがちょっとショックでしたが、そろそろおいとますることにしました。おなごり惜《お》しくもありますが、ていねいにお礼とお別れと、そして再会の約束のあいさつをして賢者さんのお家《うち》をあとにしました。自分の家へ向かう道すがら、アマウツシのもりの中で、ふと気づきました。

「ああ、そうか、賢者《けんじゃ》さんのほんとうの名は……」

心の奥底《おくそこ》から自然に浮《う》かびあがってきたもの、これが賢者《けんじゃ》さんの本質をあらわすものだったのです。

「これだったのか、すてきな贈《おく》り物って」思わず声をたてて笑ってしまいました。

「たしかに届きました。受けとりましたよ、賢者さん。ほんとうにありがとうございます」

うふふ、と賢者さんのいたずらっ子みたいな笑顔が思い浮かびました。ほんとうの名を言葉に表せば、本来の意味とは違《ちが》って伝わってしまうことがある、それは〝赤〟という言葉から連想されるものが人それぞれみな違うように。

今のわたしの言葉で、ほんとうの名を言っても、その本質まで伝わるとは限らない、その上、国や環境《かんきょう》が違えば、さらに難しい、ほんとうの名は本質的なもので感じとるものであって、表面的なあらわれのみを感じとるものではない、だから表だってそう簡単に名を語らないし、ふつうはニックネームで充分《じゅうぶん》というわけなんだ、と一気に大切な意味が押《お》し寄《よ》せて、少しずつわかりかけてきました。

〝一枚の紙〟の目的だって、ほんとうのびっくりを味わってもらうためのちょっとしたいたずらみたいなものとかおっしゃっていたけれど、そんな一筋縄《ひとすじなわ》でいくようなわけではなさそうな気もします。

アマウツシのもりには、不思議ですてきなことが、きっとまだまだたくさんあるのでしょう。

これからどんなことがあらわれてくるのか、なんだかわくわくとしてくるのでした。

うたがきこえる

蒸し暑かった夏も過ぎ、秋晴れのすがすがしい空に誘《さそ》われて、近くの公園に散歩にでかけた。池もあるけっこう広いこの公園は、休日ともなると親子連れなどで賑《にぎ》わっているのだが、平日の午前中は人気もなく静かで、さわやかな風が吹いていた。そろそろ紅葉の始まりかけた木々の映る池を眺《なが》めていると、子どもが一人近づいてきた。白いだぼついた長めのシャツを着ている。十歳くらいだろうか、それにしても今ごろ、学校はどうしたのだろうと、思っていた時だった。

「こんにちは」

その子どもは、ぺこりとおじぎをした。元気よく礼儀《れいぎ》正しいあいさつをするところをみると、それほどよくないことをしているわけでもなさそうだ。

「こんにちは……」

と答えて、学校はどうしたのと、言おうとするや否《いな》や、

「あなたの、うたをきかせてください」

と、にっこり。いきなり意表をつかれて、すっかりまごついてしまった。

「はあ⁉　なんで？　うたうわけ？　ここで？」

わがままに育ったのか、単なる変わり者なのか、けげんな気持ちで、その子の顔を見ると、犬が大好物のお肉でももらえる時のように、丸い目をうるうるさせて、じっと期待のまなざしである。そんな表情で見つめられたら、うたわないわけにもいかないだろう。まあまあの子ども好きでもあったし、あたりに人がいないのを確かめると、小学校のころ習った秋のうたを思い出しながら、うたってみた。案外、気持ちのいいものだ。我ながら、まんざらでもないなと思いつつ、子どもの方を向くと、なぜか、その顔は少し曇《くも》っていた。

「また、来ます」

そう言って、子どもは、てくてくと去っていった。やっぱり、わがままか変わり者なんだ、初対面の人間に突然《とつぜん》、うたをきかせろとか言って、気に入らないから、さっさと帰っていくなんて。このごろの子どもは一体何を考えているんだか。学校はどうしたのかなんて心配は、ちょっとむっとなった気持ちにかき消されていた。

やがて冬がやってくると、町にはあちこちで、クリスマスソングが流れるようになった。久しぶりにカラオケへ行き、友人と別れた後、家へ向かう川辺の道を歩いていた時だった。人気のない夕方、どこからともなく、あの子どもがあらわれたのだ。

「こんにちは」

と、あいさつしてきた。無視しようかとも思ったが、何も子ども相手にそこまでしなくても、と考え直した。

「こんにちは」

と返事をすると、

「あの、あなたのうたをきかせてくれませんか」

またか、とそのまま通り過ぎようとしたけれど、箱に入った捨て犬のように、人なつこい丸い目をうるうるさせていては、さすがに良心がうずいた。人気がないのを幸い、ろくに相手にせず、さっきカラオケでうたってきたのを一、二曲うたった。すると、

「そのうたではありません」

なんて、なまいきなことを言った。ちょっとしゃくにさわって、つい負けん気を出

し、こぶしをきかせて演歌をうたう。

「そのうたでもありません。また、来ます」

子どもは去っていった。一体、何なんだと、腹立たしくなった。


春が過ぎ夏がやってきた。夕涼《すず》みがてら、ぶらぶら歩いていたら、向こうから近づいてくる人かげは、まさしくあの子どもだった。見なかったことにして、すぐにひき返そうとしたら、いつのまにか目の前で、丸い目をうるうるさせている。

「こんにちは。あなたのうたをきかせてくれませんか」

そのまま知らんぷりして帰ろうと思ったが、どうしても、あの視線に勝てなかった。もう、まともにうたう気にはなれなかったので、最近見た映画の主題歌のメロディーを、ふんふんと鼻歌でうたいながら、帰り道をさっさと歩いた。しばらく、いっしょに歩いていたが、

「また、来ます」

と、子どもは言って、反対の方へ歩いていった。内心、もう来なくていいと思った。

一年経《た》つのは早いもので、涼やかな季節がやってきた。が、ここのところ、うまくいかないこと続きで、すっかりめいっていた。そんな心をときほぐすような気分で縁《えん》側《がわ》にすわり、秋の風を肌《はだ》で感じながら、目を閉じていると、しばし、ほっと安らいだ。木の枝が時々、ざざぁ……ざざぁ……とかぶりをふっているのがきこえてくる。高いところは風が強いのかと思いながら、まるでうたって踊《おど》っているような木々の音に混じって、小鳥の声がせわしなくきこえてくるのに気がついた。日頃《ひごろ》、気にもとまらなかったさえずりに、耳をすましてじっときいる。きっと冬仕度《じたく》に忙《いそが》しいおしゃべりを仲間としているんだ、あっちの木には実がたくさんなっているとか、なんとか、まさか、そのおしゃべりを人間がこっそりきいているなんて、思ってもみないだろうな、ふふふ……となにげなく目をあけて、飛びあがるほど驚《おどろ》いた。縁側ですわっている自分のとなりに、あの子どもが、ちょこんとすわっていたのだ。

「こんにちは」

「ど、どこから、いつの間に?」

かなり動揺《どうよう》している私に、にっこり微笑《ほほえ》むと、

「今度こそ、あなたのうたをきかせてくれませんか、今だからこそ」

ささやかな安らぎも、どこかへ吹き飛《ふ》んで、とたんに現実にひきもどされた。ここ最近のどんなに努力しても報われないむなしさと、今このわけのわからぬことへの不《ふ》愉快《ゆかい》さがあわさって、もうやけくそだった。いろいろな出来事や思いが、心と頭の中をぐるぐるとかけめぐる。目をつぶると、思いっきり、のどがひりひりするくらい、

「わーっ‼」

と叫《さけ》んでいた。少し冷静になって、これで逃げ出しただろうと、ちらりととなりを見ると、なんと子どもは、にこにこしながら、それで？　それから？　と言わんばかりに丸い目をうるうるさせている。かつてない反応だった。これには、びっくりしたが、勝手にすればいいと思いつつ、再び目をつぶった。

雄叫《おたけ》びのような、発声練習のような、もやもやとしたやるせない思いが、言葉にならない言葉であふれ出てくる。とうてい、うたなんかではないのだが、気分が発散されたのか、少し落ちついてきた。

そういえば、小さい時、どうしてもほしいおもちゃがあったのに、ずっとがまんしていい子でいたのに、やっとの思いで買ってって言ったのに、がまんしなさいって言われて、悲しくて悔《くや》しくて残念で、思わず、わぁわぁ泣いたことがあったっけ、と思

いつつ、それからそれへと思いが流れていった。今も昔も同じだった。自分の思いどおりにならなかったことが悲しくて悔《くや》しいんじゃない、自分のほんとうの思いを受けとめてもらえなかったことが悲しかったのだ。ほんとうの自分をわかってもらえなかったことが、なんともやるせなかったのだ。それは、小さな子どもだって、大人だって、同じだ。涙《なみだ》が頬《ほお》を伝う。

でも、ほんとうの自分って一体何だろう？　よくわからない。自分でもよくわからないことを他《ほか》の人には理解しろなんて、ずいぶん勝手な言い分だった。ほんとうの自分とは何か考えてみた。外見とか経歴とか、それもそうだけど、どうもしっくりこない。そうだ、まず好きなこと、興味のあること、人から喜ばれたことのある特技……あの時、あんなに喜んでくれた笑顔が浮《う》かんできた。損得考えずに素直で、一生けんめいだった。自分を良く認めてもらうことよりも、どうやったら喜んでもらえるか、その思いでいっぱいだった。ああ、ほんとうの自分って……おぼろげながら、ほんとうの自分らしい姿が、浮かんでくるのだった。

「ありがとう。あなたのうたをきかせてくれて。とてもすてきだった。これからもずっとうたは続いていくけれど、お礼に私たちのうたをきかせてあげる。きこえるはず」

と、丸い目の子どもは言うと、ぴゅるりり〜ん、ぴゅるるるる〜ん、とうたい始めた。変なうただなと思った。いや、うたっているというより、どこからか音を出しているような。

「目を閉じると、もっとよくきこえるはず」

そう促《うなが》されるままそっと目をつぶり、心地よい陽《ひ》ざしに、ぴゅるりり〜ん、ぴゅるるるる〜ん、と規則的にくり返されるその音をきいているうち、だんだんいい気持ちになってきた。

やわらかな陽ざしが、やがて光のつぶつぶに変わり、そのつぶつぶがあの丸い目の子どもたちに変わっていった。みんな手をつなぎ、くるくると楽しそうに空中ダンスを踊《おど》っているかのようだ。子どもたちに手を差し出されて、私も空中ダンスの仲間入りをした。それは、言うに言われぬ、不思議な感覚だった。

どれほど、おだやかな楽しい時が過ぎたのだろう。いつの間にか、あたたかな陽ざしを受けながら、縁側《えんがわ》で居眠《いねむ》りをしていたらしい。あの子どももいなかった。一体、どこからどこまでが夢だったのか、よくわからない。やれやれと腰《こし》をあげて、座敷《ざしき》のテーブルで眠気覚《ねむけざ》ましに、お茶を飲む。

湯気の向こうから、さわさわとした感じが頬《ほお》に伝わってきた。肩《かた》や腕《うで》のあたりも、だんだん、こちょこちょとしてきた。いくら確かめても虫一匹とまっていない。思わず、その感じがやってくる方へ視線を向けると、そこには床《とこ》の間に生けた、赤い小花のミズヒキがあった。ああ、これはミズヒキのうただったのか、と直観的にそう思った。かわいらしくて、赤いつぶつぶが、くすぐったいうただった。

やがて、冬が過ぎ、春がやってきたころだった。空気が、空気のつぶつぶが、ふるふるしているのに気がついた。ふるふる……ふるるる……たぶんこれは、空気の分子が春のうたをうたっているに違《ちが》いない、そう思った。

初夏になって、山を訪れ、トロッコ電車に乗った。深い山々の切り立った谷底に、翡翠《ひすい》色の川が流れる。山肌《やまはだ》をうめつくす木々が、規則正しく、重厚《じゅうこう》で神秘的なうたを静かにくり返していた。公園の木々は、おしゃべりをするようにうたっていたけれど、都会の雑踏《ざっとう》の中の木々は無口だった。

ある日、なんとなく、あの子どものことを思い出した。あれ以来、姿をあらわしたことはない。子ども相手に、いらいらしていたことが少し悔《く》やまれる。ぴゅるりり〜

ん、ぴゅるるる〜ん、あの音を思い出していたら、ふと気がついた。すべてのものは、きっと、うたをうたっているんだ、と。あの時、よくわからないうちに、自分のうたとやらを、うたってしまったことになって、そのおかげで木とか花とか少しだけ、うたがきこえるようになっていたことに、今ごろになって、ようやく気がついたのだった。

あの子は、どうしているのだろう。いや、それよりあの子は、一体何だったのだろう。もっとたくさんのうたをきけるようになったら、わかってくるのかもしれないと思った。

一人一人、それぞれが自分のうたを持っていて、でも、どんなうたをどんなふうにうたうかなんて、たぶんみんな知らないのだろう。自分だって、それほどよくわかっているわけじゃないし、人にうまく説明なんかできない。それと気づかず、知らないうちに、自分のうたをうたっている人もいるだろう。そう、すべてのものは、みんなうたをうたっている。みんなうたっている。そのうたがきこえてくる。自分のうたに気づきはじめたあなたにも、まず、あのうたがきこえてくるかもしれない。

ほら、……ぴゅるりり〜ん、ぴゅるるるる〜ん……少しずつ、だんだんと。

おおきなおばあちゃん

わたしは、アマウツシのもりのアレクです。アマウツシのもりは、不思議な広がりをもったところ、とても遠いと思っていた場所へ、あっという間に着いてしまえたり、反対にご近所へは、とても時間がかかってしまったりすることもあります。これは、すべてその人の意識が、どこにどんな具合におかれるかによって、違《ちが》ってくるのだそうで、なんとも慣れるのに、ひと苦労しました。この移動が、もっとうまくできるようになると、どこでも思うように行くことができるのですが。

アマウツシのもりの中ほどに住む賢者《けんじゃ》さんから、

「アレクさんのご近所に『おおきなおばあちゃん』と呼ばれている方が住んでいますから、訪ねてみるといいですよ」

と言われていたので、出かけてみることにしました。ご近所ということでしたが、なにしろ移動するということがそんなにうまくないということもあって、一時間以上もかかって探しながら、ようやくたどり着きました。『おおきなおばあちゃん』のお家《うち》は、小さな山のふもとに、ちんまりとあり、あたりの風景にとけこんで、うっかりすると見過ごしてしまいそうなくらいです。入口には、表札のような看板のような木の板が、かかげてありました。

いわしの頭も信心から……

な、なんだろう、これは？　何かのおまじないかな？　戸口に立って、ちょっと、どきどきしながら声をかけてみましたが、返事がありません。そっと裏口らしき方へまわってみると、何かおいしそうなにおいといっしょに、妙《みょう》なうたが聞こえてきました。

♪～まめ、ま～め～、急ぎの客が来たから、早く煮《に》えろ～、まめ、ま～め～……♪

かまどの前におかれた踏《ふ》み台の上にのっかっている小さな人かげは、鉄なべを木じゃくしでかき混ぜながら、なんだか楽しそうです。

「あのー、すみません。『おおきなおばあちゃん』ですか？」

「はーい、ちょっとまっててておくれねー」

小さな人かげは、なべにふたをして火からおろすと、ぴょこんと踏《ふ》み台をとびおりて、ちょこちょこと、こちらへ歩いて来ました。

「いらっしゃい。アレクさんだね。賢者《けんじゃ》さんから聞いていますよ。さあさあ、こちらへお入りなさい」

ネズミとイノシシを足して二で割って小さくしたような、ネズミのようなイノシシ、いや、うり坊《ぼう》みたいなネズミの、ちっちゃなおばあちゃんは、エプロンをかけて、にこにこしていました。

「あの、はじめまして。新参者《しんざんもの》ですが、どうぞ、よろしくお願いします」

おおきなおばあちゃんというからには、てっきりもっと大きな体つきをしているとばかり思い込んでいましたので、おばあちゃんは、そんな様子を見透《す》かしたように言いました。

「ようこそ。私があんまり小さいから、びっくりしたでしょ。でも、みんなが、おおきなおばあちゃんと呼ぶもんだから。それにしても、慣れないとここまで来るのに大変だったでしょ？　どうぞ、ここに腰《こし》かけてね」

おばあちゃんサイズに合わせたいすとテーブルは、ちょっと小さかったけれど、なんだかほっと落ちつきました。おおきなおばあちゃんは、さっきのかまどの方から、なにやらお盆《ぼん》にのせて、ちょこちょことやって来ました。

「さあ、どうぞ召《め》し上がれ」

温かいお茶と、器に盛られたふっくらつやつやの黒豆でした。

「いただきます」

それはそれは、やわらかなお豆の、ほんのりやさしい甘《あま》さが口いっぱいに広がると、ここに来るまでに、けっこう疲《つか》れて空腹だったことに、初めて気づかされました。なんだか涙《なみだ》が出そうなくらい、なつかしさがあふれてきて、まるでふるさとに帰ってきたかのような、ぽあんとした安らぎに包まれました。

「おなか空いてたでしょ。よかったら、おかわりもどうぞ。たんとお上がり」

そんなにも飢《う》えていたわけではないのに、乾《かわ》いた砂地に水をかけるがごとく、次々と三杯《ばい》もおかわりしてしまって、自分でもびっくり。初めてうかがったお家《うち》で遠慮《えんりょ》もなしにと、少し気恥《きは》ずかしくなった心を読むように、おおきなおばあちゃんは言いました。

「初めてここに来るとね、みなさん、たくさん召し上がるのよ。十杯も食べちゃった方もいるの。みんな、おなかが空いていた以上に、心が飢《う》えていたみたい。あのお豆には、うたがいっぱい染《し》み込んでいるから」

そういえば、おおきなおばあちゃんは、なにやらうたいながら、鉄なべをかき混ぜていたのを思い出しました。おばあちゃんが、なにもてなしに、おなかも心も落ちついて、お茶をすすりながら、あたりを何気なく眺《なが》めると、おばあちゃんサイズの高さの棚《たな》には、いくつもかめが並べてありました。丹誠《たんせい》こめて作られた梅干とか、おみそとか、つけものとか、たぶん、そういったものが入れられているのでしょう。

「アレクさん、ちょっと、こちらにいらしてね」

おおきなおばあちゃんの後について裏口から出ると、となりには畑が広がっていました。白い小さな花をいっぱいつけた木々が植わっているその一角に、小さな小屋があり、中へ入るといろいろな作物の種物《たねもの》が大事そうに保管してありました。

「ここはね、作物のゆりかごみたいなものなの。もう少ししたら、種物にうたをうたってあげて、水といっしょによく染み込ませてから植えつけると、よく育つのよ」

また来るわね、ゆっくりお休み、と種物たちにささやいて、小屋の戸を閉めると、

「さあさあ、今度は、こちらへどうぞ」

おおきなおばあちゃんに案内されて、少し日かげになった山の斜面《しゃめん》へ行きました。大きなイワタバコの葉に、びっしりと覆《おお》いつくされた斜面の下には、しいたけのほだ木が、ゆるやかなカーブを描《えが》くように、何本も並べてたてかけられていました。山の斜面からしたたるしずくが、次々とイワタバコの葉を伝って、ぴちょん、ぴちょん、とほだ木へと、落ちています。

「いまにね、たくさん、しいたけが出てくるのよ。山のしずくと、イワタバコのうたにあわせて、いっしょにうたってあげると、りっぱなしいたけができるのよ。大きなフライパンに、やっと一つだけ入るくらい大きくて、厚くて、私のお座ぶとんにできたらいいのにと思うくらい。ふふふ」

おおきなおばあちゃんは、無邪気《むじゃき》な笑顔で言いました。それにしても、何にでもうたを聞かせているみたいで、なんだかわけがわかりませんでした。また今度ね、とほだ木につぶやくと、

「そうそう、賢者《けんじゃ》さんに頼《たの》まれていたんだっけ。アレクさんが来たら、あれを見せてあげてほしいって。こちらへいらしてね」

おおきなおばあちゃんは、ちょこちょことお家《うち》の方へ歩きだしました。お家に着く

と、奥《おく》の方にある、大きな切り株を思わせるようなお部屋へ案内されました。天井には、いくつかの丸い天窓があって、やさしい明るさに包まれたお部屋のまん中には木のテーブルがあります。その上に、引き出しが一つ付いた小さな木の箱が置いてありました。つやつやとあめ色に輝《かがや》く小さな箱は、それだけで賢者《けんじゃ》さんを思いおこさせるようで、まるで生命が宿っているかのような感じがしました。

「これは、私の宝物のようなもの。天窓からは、それぞれの特別な時期の月と太陽の光がこの箱に注がれるようになっていて、毎晩私が子守りうたをうたってあげるの。そして、ちょうどこんなふうに、この箱が生命の輝きに包まれたら……」

そう言うと、おおきなおばあちゃんは、やさしくなでながら、小さな引き出しをそっとひっぱりました。どこからか、ぴゅるりり～ん、ぴゅるるるる～ん……となんとも不思議《ふしぎ》な音が流れると同時に、その中から、ぽわんとした光のつぶつぶが天井まで舞《ま》いあがり、ふわふわと降《お》りると、丸い目をした小さな子どもたちの姿になりました。突然《とつぜん》のことに、驚《おどろ》いたなんてもんじゃありません。丸い目の子どもたちにとり囲まれて、にこにこしたおばあちゃんは、小さいどころかとても大きくて、天井まで届きそうなくらい、偉大《いだい》に見えました。あっけにとられて、ぽかんと見ているわたしを

よそに、丸い目の子どもたちは、

「おおきなおばあちゃん、ご用はなあに？」

「おおきなおばあちゃん、また、うたを運ぶの？」

と口々に、はしゃいでいます。

「そうだよ、そうだよ。また、いつものご用をたしてきておくれ。気をつけて、行っておくれ」

「おおきなおばあちゃん、行ってきまあす」

子どもたちは、口々にそう言うと、丸い天窓から飛び立っていきました。おおきなおばあちゃんは、とてもいとおしそうに、一人また一人と送り出していました。まるで、生命の誕生するその場に居合わせたかのように、理由もなく目頭が熱くなります。そして、おおきなおばあちゃんのほんとうの名が、心の中に浮《う》かんできました。はっと我にかえると、いつものように、ちっちゃな姿のおおきなおばあちゃんがにこにこと、側《そば》に立っていました。この時やっと、『おおきなおばあちゃん』と呼ばれるわけがわかりました。

「アレクさん、すべてのものはうたをうたっているの。私はただ、そのハーモニーにあわせて、うたをうたうだけ。でも、みんなそのうたが聴《き》こえなくなってきてしまっていてね、心の中が、いろいろな形の恐怖心《きょうふ》というつぶつぶで、いっぱいになってしまっているの。だから、また、いろいろなうたが聴こえて、生き生きと生きていけるように、あの子たちは、生命のうたをはこんでいるのよ」

わたしは、涙《なみだ》をふきふき、うなずきました。理屈《りくつ》はよくわからなかったけれど、なんだかとても納得《なっとく》したのです。おおきなおばあちゃんは、毎晩、愛情こめて、やさしく木の箱を抱《だ》きしめたり、なでたりしながら、月の光のもと、子守りうたをうたってあげていたのでしょう。そして、うたというか、愛情というか、生命というか、そういったものがいっぱいになって輝《かがや》きあふれた時、人知れずその恵《めぐ》みを世の中へと送り出していたのでしょう。わたしも思わず、三杯《ばい》もおかわりしてしまったように、確かにみんな、何かに飢《う》え渇《かわ》いているようです。

いつまでもここに、こうしていたい気分ですが、そろそろおいとましようと、気持ちを切りかえることにしました。

おおきなおばあちゃんは、木の札がかかっている戸口のところで、見送ってくれました。それにしても、この木の札は何だろう？『……』の後に何か言葉が続くのかし

ら、と思っていると、

「アレクさんは、このあとにどんな言葉が続くと思う?」

またもや見透《す》かされてしまって、よけいにどぎまぎしてしまいました。

「えーっと、えーっと……、あっそうだ、わかった。たぶん〝いわしの頭も信心から
……しっぽも信じます!〟」

おおきなおばあちゃんは、おなかをかかえて、涙《なみだ》の出るほど大笑い。

「あはははは……それは傑作《けっさく》、とてもいいかもしれないわ」

それからしばらく経《た》って、再びおおきなおばあちゃんのお家《うち》を訪ねた時には、木の
札にこうかき添《そ》えられていました。


いわしの頭も信心から……

後光が射《さ》す

これはおおきなおばあちゃんが、大好きなことわざなんだとか。

今度、おおきなおばあちゃんのうたっていうのが、うたえないかな、なんて思った

りしています。まるで、心のふるさとみたいなおおきなおばあちゃん、いつまでも、お元気でいてくださいね。そして、わたしの内側にも、おおきなおばあちゃんの畑の作物のように、ほっこりとした何かが、少しずつ育っているように感じられるのでした。

アレクトアル―アレクの石―

アレクトアルとは、年をとったキジの体内から見つかるといわれている白色の石。魔法《まほう》の鉱物薬ともいわれ、これを持つと安楽な人生を送ることができると伝えられている。

アマウッシのもりのアレクです。ふと、なんとなく賢者《けんじゃ》さんにお会いしたくなって、出かけていきました。

「ようこそ、アレクさん。お待ちしていましたよ」

ふいにお訪ねしたにもかかわらず、あたかも予定どおりだった様子の賢者さん。少し驚《おどろ》きましたが、アマウッシのもりでは、こんなことはよくあることなのです。

ここには電信電話の類《たぐい》のものは一切無いのですが、通信手段には困りません。よく利用するのは、鳥や小さな動物にメッセンジャーをお願いするもの。もっと高度な手段ともなれば、風や霧《きり》や虹《にじ》などにメッセージをのせることもあります。あとは、予感とか夢とかテレパシーなどという手段から、まだまださまざまな方法があるようです。ただし、小さな生き物に伝言を託《たく》す以外は、送り手と受け取り手が、ある水準に達していなければできません。せいぜい、わたしがやれるのは、小さなメッセンジャーにお願いすることくらいです。

時々、この虹《にじ》はメッセージをのせているなと感じることはありますが、だれからだれへ何のメッセージを送ったのか、なんてことは、まだまだの水準の第三者には、とうていわかりようがないのです。賢者《けんじゃ》さんのような方だと、メッセージや想《おも》い、はたまた映像や音楽など、多次元的で莫大《ばくだい》な量の情報を一瞬《いっしゅん》にして伝えることができるらしいのですが、今のわたしには、次元が違《ちが》いすぎてよくわかりません。ただ、どんな手段でメッセージを送るのかは、それぞれのセンスや粋《いき》なはからいで楽しんでいるようです。

というわけで、今回わたしが賢者さんのお招きを感じとれたのは、ひとえに賢者さんのお力によるものです。

すっかり前置きが長くなりました。とにかく、アマウツシのもりの通信手段は、目に見えるものから見えないものまで、実に多岐《たき》にわたります。

「今日は、アレクさんにご紹介《しょうかい》したい方がいらっしゃるんです」

と賢者さんが言うと、奥《おく》の方から、どなたか現れました。

「はじめまして。〝ふらあれん〟といいます。どうぞ、よろしく、アレクさん」

と、にっこりされたその方は、それはもう、なんといいますか、大変に美しい方で、たとえるならばそう、博物館に展示してあるような数百カラットの宝石か結晶《けっしょう》が、目の前でキラキラと輝《かがや》いているかのようでした。

「は、はじめまして。こちらこそ、どうぞよろしくお願いいたしますです」

思いもよらない展開に、すっかり緊張《きんちょう》してしまって、うまく口もまわらず、目をパチパチさせている心のうちを見てとったらしいお二人は、微笑《ほほえ》ましげに眺《なが》めながら、

「どうなさいますか？　ふらあれんさん」

「やはり、お連れしてみようと思います」

というわけで、なんだかよくわからないまま、ふらあれんさんのお家《うち》へ案内されることになりました。

賢者《けんじゃ》さんに見送られてからわずか、こつ然と大きな湖があらわれました。その中ほどに、丸いおわんをふせたような形の建物が、やさしくきらめきながら水面より三〜四メートルの高さに浮《う》いているように見えます。なあんだ、すぐ近くで賢者さんとはおとなりどうしくらいのところなんだ、と思ったのですが、よく考えてみるとアマウツシのもりの中では、そうとばかりは言えないことに、すぐ気がつきました。第一、今まで何度か賢者さんのお家にうかがったけれど、近くにこんな大きな湖なんて、見

たことがありません。

「ここが入口です。さあ、どうぞ」

湖のほとりに立って、さあと言われても、足もとには、小波がパチャン、パチャンと打ち寄せているばかり。ふらあれんさんは、そっと手を差し出してくれました。その手の感触《かんしょく》といったら……とてもこの世のものとは思えないでしょう。思わず、自分の手と見比べてしまったほどです。ふらあれんさんに手をひかれて、湖の上を浮《う》かびながら、すべるように移動していきます。

「透明《とうめい》な動く歩道のようなものですよ」

透明と言ったって、度を超《こ》えた透明で、まったく何も無いとしか思えません。超《ちょう》透明の歩道を通して、湖の中に何やら丸い大きなマリモのようなものが、ゆらゆらと動いているのが見えます。ほのかに色合いを変えながら、浮きつ沈《しず》みつする大きなシャボン玉のようでもあります。

「あれは、しい60、そして少したて長の球形をしているのが、しい70というものですが、通称《つうしょう》みんな、〝ばっきい〟と呼ばれています。しい70は光合成をしますし、この湖にとって、〝ばっきい〟たちは、なくてはならない存在なのです」

というような具合で、ふらあれんさんの説明をお聞きしながら、建物に近づいていきました。きらめいて見えていたのは、小さな結晶《けっしょう》のようなものが、数えきれないほどたくさん集まって、大きなドーム型を形作っていたのでした。結晶といっても、鉱物のようなシャープなひややかさというよりは、ひとつひとつの結晶が、生き物のようにやさしくきらめいているという感じです。

「アレクさんは、なかなか良い感性をお持ちですね」

ふらあれんさんのきらめくような笑顔で、ちょっとばかりお誉《ほ》めにあずかって、ぽぉっと赤く照れているうちに、どこをどうくぐったのか、するりとドーム型のお家の中に入っていました。お家の中は、摩訶不思議《まかふしぎ》な空間、和風洋風あわせ持った、天然自然風の庭園が広がっていました。いえ、わたしには庭園に見えた、と言った方がいいでしょう。さらに奥《おく》には、森の中にぽっかりとできた陽《ひ》だまりに、短い草がやわらかく生えそろったように見える、そこはほんとうにくつろげそうな、すばらしいお部屋でした。こんなお部屋があるお家《うち》なんて、見たことも聞いたこともありません。まだまだこの奥は、どんなふうになっているのやら、想像すらつきません。木《こ》かげから、いえ、木に見える家具かもしれないのですが、何かが、ひょっこり顔をのぞかせました。

「あっ、馬！」

「ただいま、らぶらど」

ふらあれんさんに近づいてきたその馬は、ちょっと変わっていました。毛並はお陽《ひ》さまのような柿《かき》色で、たてがみとしっぽは黄金色、足首と耳もとにも同じ毛が生えています。

「らぶらどは、馬ではありません。ある国では麒麟《きりん》とか、ユニコーンとか、呼ばれることもあるようですが」

「こんにちは、らぶらど。アレクです。どうぞ、よろしく」

らぶらどは、ゆっくりと近づいて、鼻をすり寄せてきました。

「アレクさんとは、ウマが合うみたいですね」

ふらあれんさんがいれてくださったお茶をいただきながら、らぶらどもいっしょに森の中の野原のようなお部屋にすわって、くつろいでいる様子は、わたしから見ると、さながら絵画に出てきそうな森の精霊《せいれい》たち、といった感じです。それはともあれ、一口飲んであまりのおいしさに感動してしまったミルクティー。まろやかなコクと香り、なんてどこかで聞いた文句をはるかに超越《ちょうえつ》していて、こんな美味なるものが、世の中にあるなんて。ほんとうに生まれて初めてです。思わず、

「すごくおいしいです！　ああ、だれか他《ほか》の人たちにも飲ませてあげたいなぁ。どうやったら、こんなふうに作れるんですか？」

「これを入れるんです」

にっこり微笑《ほほえ》んで、ふらあれんさんは、玉ねぎのような形をした小さなビンを見せてくれました。

「それは、一体なん……」

その時、次々と質問をあびせそうなわたしをさえぎるかのように、らぶらどがひざの上に頭をのせてきました。そんな様子に、輝《かがや》くような笑顔で、ふらあれんさんは、

「すっかりアレクさんに、なついてしまったようですね。しばらく、らぶらどのお相手をしていてくださいませんか。少しだけ、しなければならないことができてしまったので」

そう言うと、さらに森の奥《おく》、いえ、奥のお部屋の方へ消えていきました。らぶらどをやさしくなでていると、いつの間にか、らぶらどはひざの上で、ねこくらいの大き

ぅぅぅぅと

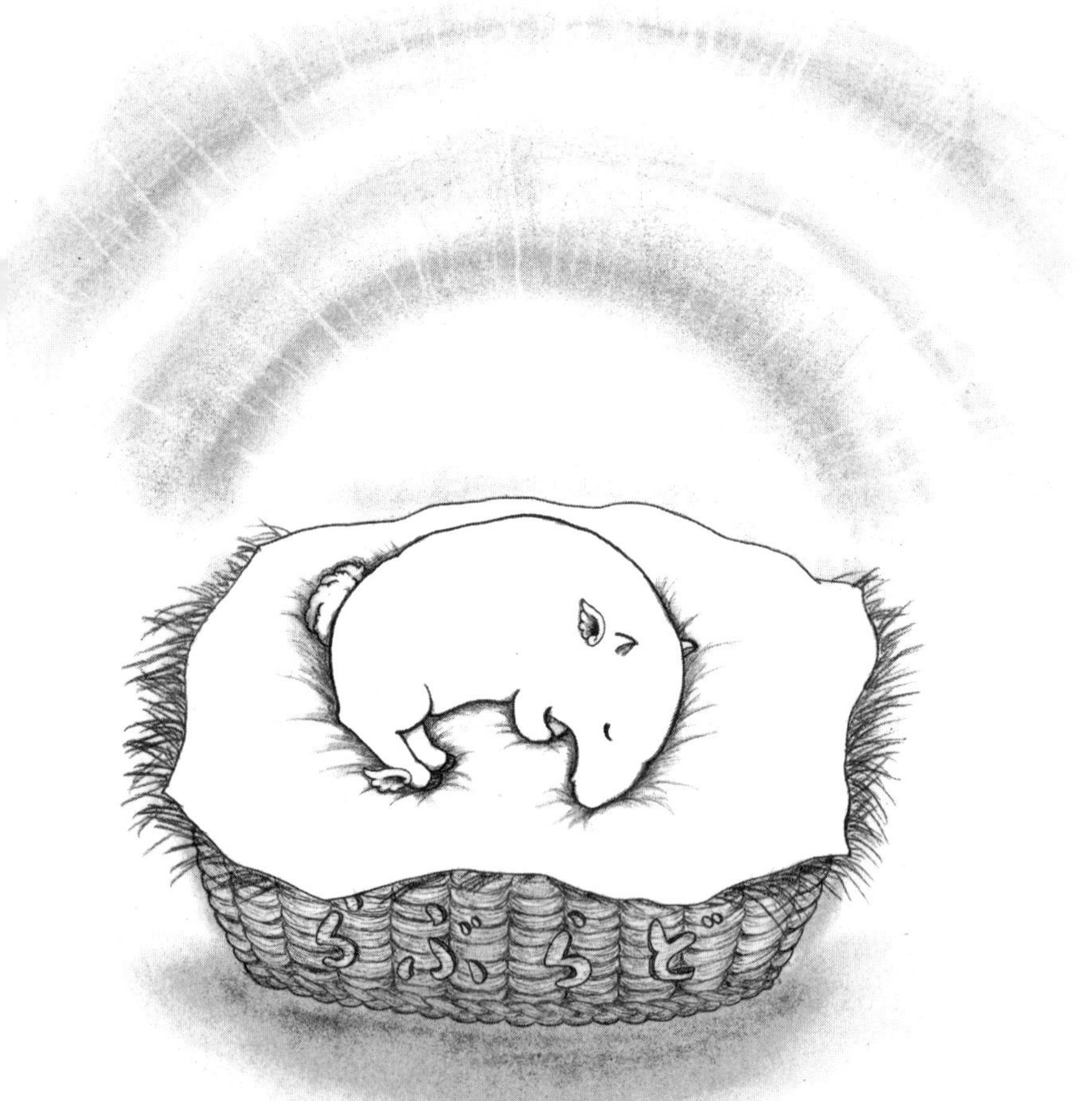

さになって眠《ねむ》ってしまいました。三日月を丸っこくしたような形になって、まさしく月の光のように白くほんのり光っています。ずっとなでながら、手にふれるわりとしっかりとした毛並の感触《かんしょく》で思い出しました。

〝そういえば、ゆうべこんなふうな夢を見たっけ〟

そっと、らぶらどをそばにあった干し草のベッドに寝かせてあげました。

「アレクさん、お待たせしました」

ふらあれんさんは、手のひらに小さな石をのせて持ってきました。

「これを、アレクさんに差し上げようと思います」

「えっ？　これを？　わたしに？　なんだかよくわからないけれど、いいんでしょうか」

「今、アレクさんは、この石を持つにふさわしいと思います。この石は、この建物と本質的に同じものです。今はまだ二〜三色にしか変化しませんが、アレクさんの内なる広がりや深さが増すことによって、もっと多彩《たさい》な変化をするようになるでしょう。ちょうど、この建物の結晶《けっしょう》のように」

「ふらあれんさん、この石はとても貴重な大切なものなんでしょう？　賢者《けんじゃ》さんのようなお方ならともかく、やっぱりわたしには、ふさわしいかどうか……」

「ふさわしいかどうか、賢者《けんじゃ》さんや私も見ていましたが、最終的には、らぶらどが決めました。らぶらどには『アマの使い』という大切なお役目があるのですが、そのらぶらどが夢を使ってアレクさんに呼びかけ、さらには安心して、ひざの上で眠《ねむ》ってしまいました。らぶらどが心を許したということ、そのものが、この石を持つにふさわしい者であるという決断なのです。らぶらどは、かわいい生き物ですが、だれにでもなついて心を許すというわけではありません。ひとつなるすべてであるアマの意志を伝える使徒のお役目をするらぶらどに、判断をゆだねることは、ままあります。賢者さんや私は、ついつい他《た》に甘《あま》くなってしまいがちですから」

と、ふらあれんさんは、にっこり。らぶらどに気に入られたらしいことだけは、わかりましたが、なんとかの使徒だの、あとのことは何のことやら、さっぱり。

「もっとも、詳《くわ》しくお話ししても、今はわからないと思いますが、とにかく、この石をアレクさんが持つことによって、多彩《たさい》に変化させることは、このアマウツシのもり全体にとって、とても重要なことなのです。だからこそ、変化させることのできる内なるものが育っているかどうか、より慎重《しんちょう》な判断が必要でした。でも、その結果、やはり賢者《けんじゃ》さんや私が見たとおり、アマウツシのもりへ来てからのアレクさんは、この石を持つにふさわしくなられたのですよ」

「で、でも、そう言われても、そんな、変化させるなんて、どうすればいいのか、わかりません」

「大丈夫《だいじょうぶ》。教えられずとも、だんだん自然にわかってきますから」

そう言うと、ふらあれんさんは、その石をわたしの手のひらにのせて、そっと握《にぎ》らせました。手のひらの中で、産みたての卵を握ったかのような、石が生きているような、不思議《ふしぎ》な生命力が感じられました。ふらあれんさんに促《うなが》されるまま、賢者さんのところへ石をいただいたことなどをご報告に行くことにしました。今思い返すと、あのあと一人で、一体どうやって賢者さんのところへ行ったのでしょう。ふらあれんさんのお力で、送っていただいたに違《ちが》いありません。とにかく、大切な石を落としてはいけないと、しっかり握りしめたまま、もう無我夢中でしたから。賢者さんは、一目見るなり、すべてを察知されたようでした。

「よかったですね、アレクさん」

あふれんばかりのやさしさに包まれました。

「それにしても……」

と賢者《けんじゃ》さんは、くすくすと笑いながら、力いっぱい握《にぎ》りしめているわたしの手のひらをひろげて、石をとり出すと、ひものついた小さな袋《ふくろ》に入れて、首にかけてくれました。

「これなら、もう落とす心配はないと思いますよ」

「あ、ありがとうございます。ほんとにありがとうございます。ありがとうございます」

なんだか、ひとつの大切な儀式《ぎしき》を終えたかのようで、ようやくアマウッシのもりの正式な一員になれたような気がしてきて、感激で、涙《なみだ》と鼻水で、もう顔中くちゃくちゃです。ほんとうに、これからがはじまりなのだと思いました。

「アレクさん、お友だちがお家《うち》まで送ってくれるそうですよ。それにしても、らぶらどが自ら出向くなんて、よほどアレクさんのことが気に入ってしまったんですね」

そこには、柿《かき》色ではなくて、まるですばるのように青紫《むらさき》に輝《かがや》く、らぶらどがいました。

「あれれ？　今度は青くなっちゃったの？」

「らぶらどは、昼間は太陽の色、夜は星のごとく輝き、そして眠《ねむ》ると姿を変えて、月のような光を放ちます」

と、賢者《けんじゃ》さんのやさしいまなざしに見送られて、背中にまたがると、らぶらどはたちまち夜空へ向かって、高くかけ昇《のぼ》りました。眼下には、どこまでもアマウツシのもりが広がっています。

しばらくの間、らぶらどと夜空を飛びまわりました。流星になったみたいって、きっとこういうことを言うんだろうなぁと思いながら、ふと、ひとつの名が心の中に浮《う》かんできました。それは、ふらあれんさんのほんとうの名でした。らぶらどがくれたすばらしい祝福のひとときでしめくくられた、まるで夢のようなこの日を、これからも決してわすれることはないでしょう。

外の世界へ

しっとりと、まぶしいほどの青紫《むらさき》の花が、アマウツシのもりの木々の間にうずもれて、あふれんばかりに咲《さ》きほこり、水晶《すいしょう》のような朝露《あさつゆ》がしたたり落ちる季節です。もりからの風は、うるおいと、さわやかな香《かお》りのメッセージをのせて流れてきました。

いつものように木のベンチにすわり、朝ごはんをいただきます。ひとり暮らしでも、この家というか、このもり全体からあふれ出ている、包み込《こ》まれるようなやさしさは、いつでも肌《はだ》で感じられるほどなので、さみしいとか、不安な気持ちになることはありません。それに、心あたたかな友だちや、知りあいもできました。

窓からの風に誘《さそ》われて、外へ出てみた時でした。

（なんだか、だれかが、どこかで呼んでいるような……）

と思いながら、気のおもむくまま、ふらふらと歩き始めました。それが、あんなことになろうとは……。

どこをどう歩いたものか、気がつくと、見覚えのある街の風景――外の世界へ来ていました。

「あれっ、いつの間に？」

ついこの前まで、この街だけが住んでいる所、と思っていたのに、こうしてみると、久しぶりで懐《なつ》かしくもありました。人々が行き交う商店街、地下鉄や、絶え間なく車の走る広い道路。大型店舗の地下フロアにも行ってみました。あふれる人混みに、食料品のにおいが入り混じり、なんともたまらなくなってきました。

そんな看板が目にとまったので、けんそうからのがれるように、とりあえず、中へ入ってみました。

［姓名《せいめい》判断、手相、人相、家相……などなど鑑定《かんてい》いたします］

「いらっしゃいませ。なにを占《うらな》いましょうか？」

いかにも占い師という衣装の女性が、うやうやしく現れて、席をすすめます。

「えーっと……」

はなから占ってもらおうなど、まるで考えていなかったので、なんと答えていいものやら。

「手相、人相、四柱推命に星占《うらな》い、金運、仕事運、恋愛《れんあい》運、なんでも占います」

「あ、あのー」

「その人相ならば、なにかお仕事をしているでしょう？　え、わからない？　それはいけません。しっかりお仕事してくださいよ。ほかに聞きたいことは？」

しばらくして、ようやくそれらしい質問が思い浮《う》かびました。

「じゃあ、過去と現在と未来の、なにかわかることをひとつずつ、お願いします」

そう言うと占い師は目をつぶり、なにやらあやしい手つきで九字を切り、さもありなんというようにうなずいてから、おもむろに語り始めました。

「うーん、あなたは実に顔が大きい。ほんとうは、もっとかわいらしい小顔のはずなのに、生まれた時間がよくなかったですね。だから、大きな顔になっちゃったんですよ」

「そう……ですか……」

「それじゃ、三千円いただきます。ここまで占って差しあげたんですし、商いをしているからには、わたしも場所代を納めなくちゃならないんでね」

すっかりごまかされた気分になりました。でも、よくよく考えてみれば、大半の人々が、いいえ、この世界全体からして、良くも悪くも多くのごまかしで成り立っているようにも思えます。それに、なんともいえない不安と、ギラギラ不気味に光るような欲望、孤独《こどく》……そういったもので、生命の輝《かがや》きがくすんでしまったようなこの感じ……。

この世界だけの住人であった時にも、おぼろげながら感じてはいましたが、これほどの違和《いわ》感はありませんでした。疑問に思うどころか、なにも感じないかのように街を歩く人々は、なにかに操られている人形のようでもあり、どこかみんな、さみしさを抱《かか》えているように感じられました。

アスファルトやコンクリートに阻《はば》まれ、わずかな自然もすっかり精彩《せいさい》を欠いて、やっと生き残った雑草さえ、色あせて見えます。見上げれば、そろそろ陽《ひ》も傾《かたむ》きはじめ、コンクリートにざっくりと角ばって切り取られてしまった狭《せま》い空は、哀《かな》しさで黄色く薄曇《うすぐも》っているかのようでした。

どんなに明るく輝く星の光さえも、ショーウィンドウやネオンサインの毒々しさにあてられて、おそらく、死んでいるようにしか見えないことでしょう。

街のどこを歩いても、どこを見ても、そんなむなしさがあふれていて、こんな世界で、もしだれかが心の迷い子になっていたとしたら、どんなにつらく悲しいことか……想像するだけでも心の奥《おく》が痛みます。

人々は、やたらとにぎやかにふるまい、着飾《きかざ》って、食べたり飲んだり踊《おど》ったり……。車を走らせ、空にまでひっきりなしに轟音《ごうおん》を飛ばして、得体の知れない心の闇《やみ》を覆《おお》い隠《かく》し、見えてこないように、わからないようにと、ごまかしているかのようです。

あたりは、少しずつ薄《うす》暗くなり、店の看板にも灯が点りはじめました。ビルの隙間《すきま》に、だれも振《ふ》り向きもしないような、みすぼらしい店なのでしょうか、消えかかりそうな電灯の小さな看板が目にとまりました。街中では珍《めずら》しく、側《そば》にはやっと咲《さ》いたような小さな紫陽花《あじさい》が、看板の灯に照らされていました。

アマウツシのもりは　こちら　⇦

「そうだ……そうだよ！　一体なにやってるんだろう。もう帰らなくちゃ、アマウツシのもりへ。ほんとうに帰るお家《うち》は、そこにあるんだった」

看板のアマウツシのもり、という文字を見たとたん、目が覚めたように思わず叫《さけ》びました。忘れていたわけではないけれど、いつのまにやら、わたしの心まで、すっかりごまかしをかけられていたようでした。

「どうやって帰ったらいいのか、どうしてこの世界へ来ちゃったのかわからないけど、とにかくこの看板の矢印の方へ行ってみよう」

　店らしき中へ入ると、すぐ路地裏でした。進む先々にある『アマウツシのもりは　こちら⇦』という矢印のとおりに、右へ左へと薄《うす》暗い細道をしばらく進んでいくと、やがて夕闇迫《ゆうやみせま》る

草原の道に出ました。後ろの方から、人の声が聞こえてきます。

どうやら、矢印どおりにやって来るのは、わたしだけではないようでした。とにかく、なにがなんでもアマウツシのもりへたどり着かなくては。後から来た人たちも、追いついてきました。

足もとで、なにかキラッと光ったように見えた時でした。

「あっ、お金が落ちてる！」

その声に目を凝《こ》らして見ると、道ばたには、五円玉、十円玉が散らばっています。かまわずに進んでいくと、五十円玉……さらに百円玉、五百円玉が、あちらにもこちらにも。にわかに騒《さわ》がしくなりました。最初は見向きもしなかった人でさえ、思わず腰《こし》をかがめて拾いはじめます。早く行かなくてもいいのかなぁ、そう思いながらも、かまわず進んでいくと、今度はなんと、お札があちらにもこちらにも、落ちているではありませんか。これにはさすがに、小銭は手を出さなかった人までもが、我先を争って拾い集め、次々とポケットへねじ込《こ》みました。

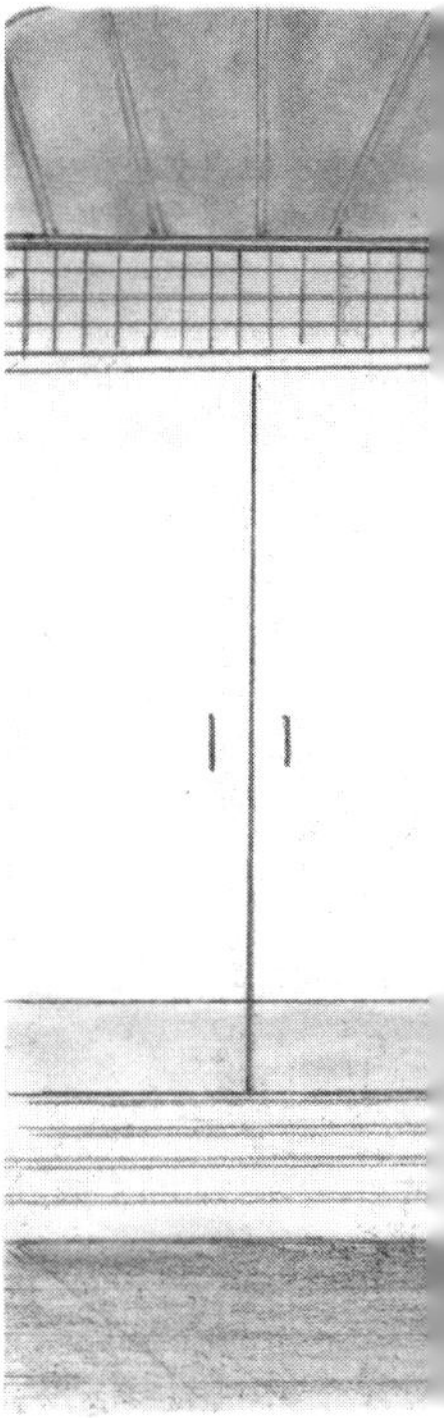

ハヤク、ハヤク……。

　早く行かないと、ゲートが閉じる……。

　どこからか、そんな声が響《ひび》いて思わず叫《さけ》びました。

「ねぇ、みんな、早く行かなきゃ！」

　けれども、お札拾いに夢中で、だれも聞いてなんかいないのです。仕方なく、先を急ぎました。今は、お金を拾い集めることより、なんとしてもアマウッシのもりへ戻《もど》らねば……。

　草原の道の両脇《わき》から、ぽつぽつと、足もとを照らす蛍《ほたる》のような、小さな青白い光が点りはじめました。その先をたどると、りっぱなお城のような建物が青白く光って、浮《う》かびあがっています。小さな光たちに案内されるように、お城の前に着くと、大きな扉《とびら》のまわりを小さな光たちが乱舞《らんぶ》しはじめました。

「この中へ入れってことかな？」

　力いっぱい大きな扉を押《お》すと、ギギーッと音をたてて、ゆっくり開きました。おそ

郵便はがき

料金受取人払郵便

新宿局承認

5122

差出有効期間
平成27年1月
31日まで
(切手不要)

1608791

843

東京都新宿区新宿1－10－1

(株)文芸社

愛読者カード係 行

ふりがな お名前		明治 大正 昭和 平成 年生 歳
ふりがな ご住所	□□□-□□□□	性別 男・女
お電話 番号	(書籍ご注文の際に必要です)	ご職業
E-mail		

ご購読雑誌(複数可)	ご購読新聞 新聞

最近読んでおもしろかった本や今後、とりあげてほしいテーマをお教えください。

ご自分の研究成果や経験、お考え等を出版してみたいというお気持ちはありますか。

ある　ない　内容・テーマ(　)

現在完成した作品をお持ちですか。

ある　ない　ジャンル・原稿量(　)

書　名				
お買上 書　店	都道 府県	市区 郡	書店名 ご購入日	書店 年　　月　　日

本書をどこでお知りになりましたか?

1.書店店頭　2.知人にすすめられて　3.インターネット(サイト名　　　　　　)

4.DMハガキ　5.広告、記事を見て(新聞、雑誌名　　　　　　)

上の質問に関連して、ご購入の決め手となったのは?

1.タイトル　2.著者　3.内容　4.カバーデザイン　5.帯

その他ご自由にお書きください。

(　　　　　　　　　　　　　　　　)

本書についてのご意見、ご感想をお聞かせください。

①内容について

②カバー、タイトル、帯について

弊社Webサイトからもご意見、ご感想をお寄せいただけます。

ご協力ありがとうございました。

※お寄せいただいたご意見、ご感想は新聞広告等で匿名にて使わせていただくことがあります。

※お客様の個人情報は、小社からの連絡のみに使用します。社外に提供することは一切ありません。

るおそる中へ入ると、真っ暗だった廊下《ろうか》に、次々と灯が点って、その向こうには、また扉《とびら》が。廊下を進んでいくと、

アノ扉ヲ　アケテ……。
鍵《かぎ》を　見つけて……。

どこからか響《ひび》いてくる声の言うとおり、扉をあけます。そこは、どこかの国の王様か、貴族のお部屋のように、りっぱな家具、調度類がしつらえてありました。よくわかりませんが、飾《かざ》ってある絵画や花びん、カーテンやじゅうたんなども、高価なものに違《ちが》いありません。きらびやかなグラスにシャンデリア、まばゆいばかりの金、銀、宝石が鏤《ちりば》められた装飾《そうしょく》品の数々。

「鍵《かぎ》なんて、どこにあるのかしら？」

りっぱな家具の引き出しもみんなあけてみました。飾《かざ》り棚《だな》も、アールヌーボー調のテーブルの下も……どこにも見当りません。

ハヤク、ハヤク。
ゲートが閉じるまで　あと少し……。

声にせかされて、どんなに懸命《けんめい》にさがしても見つからず、あせる気持ちばかりが先立って、何度も何度も同じ引き出しをあけたり、しめたり。どうしても見つからないのです。

「ああ、もう間に合わないかもしれない。一体、どこにあるんだろう……」

絶望的という言葉が、頭をよぎりはじめ、ため息まじりに、側《そば》にあった暖炉《だんろ》にもたれかかった時でした。手にふれるものがありました。

「あっ……あったーっ！　これだ！」

暖炉の棚《たな》の上に、なんと透明《とうめい》な鍵《かぎ》が。しかもバラバラになっていて、どうやら組み立てなければならないようでした。鍵らしき形はわかるので、立体的なパズルのように組み立てれば、元の形になるようですが、慌《あわ》てれば慌てるほどうまく組み合わず、すぐにバラバラとくずれてきます。

早くしなくちゃ、早くしなくちゃ……手は震《ふる》え、汗《あせ》ばみ、おまけに透明なパーツは、わかりにくいこと、この上ありません。

アセラナイデ。
内のものが外になり、
外のものが内になる……。

そんなこと言ったって、さっぱりわからない……！　とにかく、内側のを外側に向けたり、外側のを内側にしたり、もうやけになって、めちゃくちゃにくっつけるうち、どうしたものか、どうやら鍵《かぎ》になったようでした。
出来あがってみれば、これを鍵というのか、こんな形のものはまずないでしょう。言葉で説明するのは、とてもむずかしいですが、組み立てたその内側に鍵が宿っていて、外側は鍵ではないものになっていました。透明《とうめい》であればこそ、まだなんとか鍵とわかりますが、もしこんなのが実用化されたら、防犯に役立つかもしれません。今まで考えつかなかったような画期的な鍵です。しかし、感心している場合ではありません。

イソイデ。

出口の向こうが、ゲート……。

鍵《かぎ》が組み立てられると、今まで壁《かべ》だったところに、ぽっかりと出口が開きました。まもなくどやどやと、お札を拾っていた人たちがようやく追いついて、部屋の入口から入ってきました。

「これは、すごい！　骨董品《こっとう》だらけだ」

「うーん、これは年代もののお宝だぞっ」

「この壺《つぼ》ひとつで、家が買えるわ」

目を輝《かがや》かせ、口々に歓声《かんせい》をあげています。

カマワズニ　ゲートへ　イソイデ。

鍵を離《はな》さないように……。

なんと、透明《とうめい》だった鍵《かぎ》が、色合いを変えながら、ほんのり虹《にじ》色に輝《かがや》いています。大事にポケットへ押《お》し込《こ》み、急いで出口から出ました。

ゲートは、ちょうど空港の税関のようになっていて、何人かの係員の前には、すでに到着《とうちゃく》していた人たちが並び、順番に審査《しんさ》を受けていました。あの草原で、やはり同じように拾ったのでしょうか、いくら隠《かく》そうとしても、金品すべて没収《ぼっしゅう》され、ゲートの通過は許可されず、もと来た道をとぼとぼと、引き返していきます。

「鍵を離《はな》さないようにって言われても、このまま見つかったら、取りあげられちゃうかも……」

そこで、ごそごそとポケットの中に手を入れ、またバラバラに分解しました。一度、組み立てられたせいなのか、わりと簡単にうまくいきました。こうしておけば、ひょっとすると大丈夫《だいじょうぶ》かもしれない、と考えたのです。ドキドキしながら待ちました。

「次、通ってよーし！　ハーイ、ここまで！」

大きな壺《つぼ》を抱《かか》え、首や手に装飾品《そうしょくひん》をいっぱいさげて、ポケットをパンパンにふくらませたあの人たちも、やっとたどり着いたのですが、目の前でゲートは閉じられてしまいました。気の毒ではありますが、仕方がありません。

（ああ、よかった。鍵《かぎ》は取りあげられなかった……）そう思って、ほっとしたとたん、ゲートも係員の人たちも、みんな消え入るように見えなくなり、あたりは、真っ白になりました。

やがて、ゆっくりと時間が金色に変わって流れ、どのくらい経《た》ったのでしょうか。

「……おーい……おーい、大丈夫《だいじょうぶ》かあ？」

「しっかりしろよぉ」

気がつくと、見知らぬおじいさんがふたり、そして、青紫《むらさき》に光るらぶらどが、心配そうにのぞきこんでいました。友だちのらぶらどは、ふらあれんさんのお家《うち》にいる、姿は馬に似ているけれどそうではない、かわいい生き物です。

「……らぶらど……」

らぶらどは、うれしそうに鼻をすりよせてきました。

「ようやく戻《もど》って来たようじゃ」

「よかった、よかった」

「……ここはアマウツシのもり……？　それに、どなたでしょうか」

「わしは、さはる」

と、おひげをはやしたおじいさんが言いました。

「わしは、いのぶ」

と、つるつる頭の、とんぼめがねをかけたおじいさんも言いました。

「いやぁ、戻《もど》って来るかどうか、はらはらしたのぉ」

「帰り方もわからず、外の世界へ出かけるなんて、無茶じゃ」

初対面のおじいさんたちでしたが、とても案じてくださったのでしょう。

「すみません。なにがなんだかわからないうちに、こんなことになってしまって……」

らぶらどが体をくっつけて、ぴったりと寄り添《そ》いました。

「ちょうど、わしらがきのこ採りに行こうと通りかかったら、ふらあれんさんとこのらぶらどが、ここで心配そうにしているもんじゃから、どうしたのかと行く手を見たら、えらいことになっておって」

「とにかく看板やら、いろんなサインやらを送って、なんとか道しるべを示したんじゃが、途中《とちゅう》で割り込《こ》んで来るやつに動揺《どうよう》せず、脇道《わきみち》にそれず、たどり着けるかどうかは、本人次第だからのぉ」

おじいさんたちが、戻《もど》るための手助けをしていたのでした。

「あの矢印の看板は、おじいさんたちが出してくださったんですね。そうだ、鍵《かぎ》……鍵はどうなったかしら？」

ごそごそ捜《さが》していると、

「ほれ、たぶんその袋《ふくろ》の中じゃよ」

「ほれ、その首からさげてる袋の中じゃ」

おじいさんたちには、なにかわかるのでしょうか。賢者《けんじゃ》さんが、首にかけてくださったひものついた小さな袋。中には、ふらあれんさんがくださった大切な石が入っています。取り出してみると、あの鍵のように、ほんのり色合いを変えながら輝《かがや》いていました。

「ほぉ、これは。アレクトアルじゃ！　まだ未成熟だが、なかなかのもんだ」

「そうか、あんたが賢者さんに拾われたアレクさんか」

拾われたというのは、まさしくぴったりな表現です。

「この石、アレクトアルっていうんですか。アレクっていう名前とちょっぴり似てるけど、知らなかった」

「なんじゃ、なんにも知らんやつじゃのぉ。とにかく、感謝せにゃ」

「その石のおかげがなかったら、いくらわしらが手助けしても、そうすぐにはこのもり へ戻《もど》って来られなかったかもしれん」

やはり、アレクトアルにはなにか特別な力があるようです。

「もし、アレクトアルを持っていなかったら、アマウツシのもりへは二度と戻れなかったんでしょうか？　それに、アレクトアルが、もっと多彩《たさい》な変化をするようにしなければならないと、ふらあれんさんがこの石をくださった時、そうおっしゃってましたし。だけど、まだよくわからないことばっかりで……」

アレクトアルを持っていることが、おそれ多い感じさえしてきました。

「いやいや、このもりに戻る方法やチャンスは、いくらでもある。ただし、今回のように、すぐというわけにはいかない。一年先か、五年先か、十年先になるか、それはわからんの。アマウツシのもりのベテラン住人ならともかく、アレクさんのような新米なら、なおさらじゃ」

「よほどしっかりしていないと、外の世界に惑《まど》わされて、アレクトアルのようなおかげがない限り、いつのまにやら、アマウツシのもりのことなんか、心の中から消えてしまうからのぉ。おそらく戻《もど》って来るまでに、相当遠回りをすることになる。すべては本人が、どれくらい本質をつかめているかによるんじゃ」

「そうなんですか……」

アレクトアルのおかげ、つまりアレクトアルの秘められた力と、らぶらどや、おじいさんたちが気づいてくれなかったとしたら……ほんとうに、もう少しで大変なことになるところでした。

「まあ、とにかく今回は、めでたし、めでたしじゃ」

「また近いうち、会うこともあるじゃろうて」

ふたりのおじいさんたちに、ていねいにお礼を述べてお別れしました。

らぶらどは、しばらく側《そば》にいましたが、もう大丈夫《だいじょうぶ》と安心したのか、やがて夜空へ飛び立っていくのを見送りました。

「らぶらど、ありがとう！　ふらあれんさんに、よろしくね！」

銀河の踊《おど》り

外の世界から、ようやくアマウッシのもりへ戻《もど》って来て、しばらく経《た》ったある日のこと。

ぽん、ぽん、ぽん……ぽん、ぽん、ぽん……。

扉《とびら》の方から、妙《みょう》な音が聞こえてきます。

「ぽん、ぽん、ぽん？　だれか来たのかな？　でも扉をたたいたなら、トントントンとか、ドンドンドンって聞こえると思うんだけど……」

扉をあけましたが、だれもいません。ふと足もとを見ると、なんときのこが、ぽつんと立っていました。

「ぽ、ぽ、ぽ、ぽ……」

どうやら、きのこが、なにかつぶやいているようです。

「いらっしゃい、きのこさん。だれかのお使いかな？」

アマウツシのもりでは、いろいろなものにメッセンジャーをお願いすることがあります。

「ぽ、ぽ、ぽ……」

「え⁉　なに？　よくわからないんだけど」

しゃがんで、きのこのつぶやきに耳をすまそうとした、その時でした。

「ぽ、ぽ、ぽっ……ぽぉっくしょーん‼」

「び、びっくりしたぁ」

きのこは、くしゃみで胞子《ほうし》のような煙《けむり》を舞《ま》い上げると、そこに、だんだんと字が浮《う》かんできました。

〜さんぽは　いかが〜

「きのこにメッセージを託《たく》すなんて、たぶん、あのふたりのおじいさんたちかも。うん、わかった、ありがとう、きのこさん」

そう言うと、きのこはぺこりとおじぎをして、ぽんっ、ぽんっ、とどこかへはねていきました。

そこで、とにかく出かけてみることにしました。ほんとに三歩歩くと、どこからともなく、ぞろぞろときのこたちが現れて、こっちこっちというように、そろって首を振《ふ》ります。

「なるほど。ほんとにさんぽだ。だけど、どこへ行くのかしら？」

きのこたちは、まるでマスゲームみたいに、動きながら首を振《ふ》って道案内をしていくのでした。

気がつくと、おまつりの縁日《えんにち》のようなところへ来ていました。金魚すくいや、風せん釣《つ》り、りんごあめなどの屋台が連なったその先に、ちょうちんで飾《かざ》った広場があり、にぎやかなおはやしが聞こえてきます。輪になって妙《みょう》な身振《みぶ》り、手振《てぶ》りで踊《おど》っているのは、ふたりのおじいさんたちと、大小色とりどり

のきのこたちでした。

「おお、来た、来た」

「やぁ、来たか、来たか」

踊《おど》りの輪から抜《ぬ》けて、こちらに近づいて来ました。

「あの、さはるおじいさんと、いのぶおじいさんでしたよね。きのこで案内してくださって、ありがとうございました」

「いやいや、どういたしまして」

「あれから元気にしておったかな」

「はい。今日はおまつりですか？」

「まぁ、そんなところじゃな」

「きのこといっしょにやる儀式《ぎしき》、みたいなもんかの」

「えー、このきのこたちを生けにえにするとか、食べちゃうとかするんですか？」

そう言うと、さはるおじいさんは大笑い。

「わっはっは……。今どき生けにえなんて、物騒《ぶっそう》で時代遅《おく》れなことはせんよ」

いのぶおじいさんも首を振《ふ》って言います。

「こういう色鮮《あざ》やかなきのこたちは、食べるためじゃなくて、いっしょに踊《おど》るためにあるんじゃ」

「踊るためにあるきのこ……!?」

「うん、うん、そのとおり」

「どうじゃ、わしらといっしょに踊らんか?」

正直言って、どうにも恥《は》ずかしくて、いっしょになんかできそうもありません。なにしろおじいさんたちの踊りは、ぷっぷぅー、ぷぷぷぷぅー、とか言いながら、なんともひょうきんな動きをする、まるでへたくそなお笑い芸人みたいだったのです。

「どうじゃ、どうじゃ?」

「ぜひ、ぜひ!」

「い、いいえ、踊りはちょっと……遠慮《えんりょ》します」

おじいさんたちは、がっかりしたように、

「そうかぁ、まだだめかのぉ」

「やっぱり、だめかのぉ」

と、いかにも残念そうです。

「そうじゃ、そうじゃ、あれはどうかな」

「そうじゃ、そうじゃ、こちらへおいで」

おじいさんたちが、ぐいぐい手を引っぱって連れていったのは、屋台のわた菓子《がし》屋さんの前でした。

「これじゃ！　これならどうじゃ？」

「あ、あの……」

「ひとつ、たのむ」

「まいどありー」

どう返事をしたらよいのか、まごついているうちに、注文を受けたわた菓子屋さんは、ざらめを機械に入れて、動かし始めました。吹《ふ》き出してくるわた状のお砂糖を、割りばしにからめ取っていきます。それは、たちまち丸くなって、どんどん大きくなりました。頭くらいの大きさを超《こ》えても、いっこうにやめようとはしません。

「あのぉ、もうそろそろ充分《じゅうぶん》です。これ以上大きくなったら、食べきれませんし」

「いやいや、なんのなんの。まだまだ、これからです」

わた菓子屋さんは、はりきっています。はらはらしながら見ているのもおかまいなしに、さらに回します。いよいよ、とんでもなく大きくなったわた菓子《がし》は、今にも機械からはみ出しそうです。

「もう、もう、ほんとにいいです！　これ以上やったら、あふれちゃいますよ」

「なにをおっしゃる。これからが本番！」

わた菓子屋さんは、かまわずますます勢いよく回し続けます。

「わーっ、あふれるーっ‼」

見たこともない、とてつもなく大きなわた菓子《がし》は、みるみるうちに機械からあふれ出し、とうとう丸い球状に保つことさえおぼつかなくなり、平たくつぶれて回りだしました。

もはや言葉もなく、ただ口をあんぐりとあけて、見つめるほかありません。さらに大きさを増したわた菓子は、中央が少しふくらんで、うっすらと光り出しました。

「よーし、ここまできたら、あともう一息。もうちょっと、照りが出た方がいいな」

回転を続けるうちに、わた菓子全体が輝き出しました。

「へーい、お待ち！　銀河一丁出来あがりー！」

あたりはすでに薄《うす》暗く、巨大なわた菓子銀河が、空間にぽっかりと浮《う》かんでいました。気がつくと、まわりからふたりのおじいさんたちや、きのこたちはもちろん、縁《えん》日《にち》のようだったすべてが消え、目の前のわた菓子《がし》銀河からもだんだん遠ざかっているようです。

「ここは、どこ？　さはるおじいさーん、いのぶおじいさーん、どこですかぁ。一体どうなっちゃったんだろう？」

見上げれば、星々が輝《かがや》く宇宙空間に、ひとりぼっちで放り出された感じです。途方《とほう》に暮れた、その時でした。

「ごきげんよう」

突然《とつぜん》の声に、びっくりして振《ふ》り向くと、にこにこしながら、やさしく輝くその声の主が、ふんわり浮《う》かんでいました。

「ようこそ。アマウツシのもりからいらしたのでしょう？」

「は、はい。わたし、アレクといいます。あの、おまつりに誘《さそ》われて、それから、わた菓子屋さんの前で、そしたら、いつのまにかここにいて、わけがわからなくなっちゃって……」

見知らぬ方なのに、アマウツシのもり、という言葉を聞いただけで、わらをもつかむような気分でした。

「大丈夫《だいじょうぶ》ですよ。驚《おどろ》かれたでしょうけれど、落ちついてくださいね。きのこたちも、ずいぶんにぎやかでしたものね。いっしょに踊《おど》って輪になれば、あらゆる宇宙と和する響《ひび》きを奏でることができます。そうそう、わたしは案内人といいます。この世界へいらした方を案内するのが役目なものですから」

案内するのが役目と聞いて、すがりつくようにたずねました。

「あのー、アマウツシのもりへ戻《もど》るには、どうすればいいんでしょうか？」

こんなところでは、この前のように矢印の看板なんて、とても無理に違《ちが》いありません。ほかに、道しるべになるようなものはなんなのか、さっぱりわかりませんでした。

「アレクさん、せっかくの機会ですから、この世界からなにかひとつ、大切なものを得てから戻られた方がいいと思いますけど。それに、その得たものによって、内なる輝《かがや》きで照らし出さないと、帰り道は観《み》えてきませんし」

「それって、どういうことなのかよくわかりませんけど、とにかく簡単には帰れない、ということなんですね。どうしよう、戻れなくなっちゃったら……」

「とにかく、まあご案内しましょう。そうするうちに、なにかわかってくるかもしれませんよ。さあ、こちらへ」

そう促《うなが》されて、仕方なく案内人さんに寄り添《そ》うと、どこかへ向かって飛んでいきました。

前方とか後方とか、上下左右、まるで方向が感じられません。星々があちこちに光のすじを引いて、流れては止まり、渦《うず》を巻き、目を回しそうになります。

「着きました。こちらです」

ようやく光の流れが止まった時、目の前には見たこともないような、すばらしい光景が広がっていました。それは、星の光に照らし出され輝《かがや》く星雲……星々が、まるで七色の淡《あわ》いベールをまとっているように輝いています。圧倒《あっとう》されるほど、見わたす限りの空間いっぱいに広がり、なんというか、自分がごま粒《つぶ》のように小さく感じられます。

「これは、『あい・しい・四六〇三』と言います。地上からですと、約半分の限られた場所でないと、見ることができません。アレクさんがいらしたので、一段と輝きもうれしそうです」

案内人さんの説明を聞きながら、ふと足もとを見て、思わず叫《さけ》び声をあげてしまいました。

「う、うわーっ！」

そこには、吸い込《こ》まれそうな無限の空間が、どこまでも続いていました。上を見ても、下を見ても、右も左も、言葉を絶する三六〇度×三六〇度の空間の広がり……。

いつもいつも意識しなくても、どんなことをしてたって、地面や床《ゆか》を感じて暮らしてきたのに、いきなり足の裏に頼《たよ》るものがなんにもない、透明《とうめい》な、こんな不安定で心細い感覚は、味わったことがありません。それは、高い所から下を眺《なが》めた時の、すくんでしまうようなあの感じにも似ていて、思わず案内人さんにしがみつきました。

「おっこっちゃう。案内人さん、このままじゃ、おっこっちゃいますよー」

ここまで、この空間を移動してきたというのに今さらですが、まだまだ普段《ふだん》の生活の感覚と、ごちゃまぜになっているようです。

「平気ですよ。それにおっこちるなんて、いかにも地上的な発想ですね。ここでは、上も下も、右も左もないんですよ」

案内人さんは、平然としてにこにこしていましたので、少しほっとして、しがみついた手を離《はな》しました。

こうして、案内人さんは、いくつかの星雲や銀河を案内してくれました。目を見張る色彩《しきさい》の鮮《あざ》やかさ、そして多種多様な形やデザイン、そのすばらしさは、まさに宇宙に表現された、至高の芸術品です。

あんなに不安で心細かった気持ちなど、どこかへ吹《ふ》きとんでしまって、次々とくり広げられる光景に、すっかり魅了《みりょう》されてしまいました。一体、だれが、どうして、こんな美しくすばらしいものを創《つく》りあげたのでしょう。美術品のように、だれかに見てもらったり、売り買いできるわけでもないのに。しかも、これらは全体からすれば、ほんのわずか、ごく一部分だというのです。

「少しだけ、銀河の時の流れにのってみましょうか」

案内人さんがそう言うと、いくつもの銀河が、ゆっくりと動き始めました。互《たが》いに回りあったり、引き寄せあったりしながら、近寄っては混ざりあい、すり抜《ぬ》け、また離《はな》れては、回りあっています。それに添《そ》って流れるように動く、数限りない星々のつぶつぶが、まるで光でできたドレスのように、ひらひらと優雅《ゆうが》に輝《かがや》いています。三ついっしょの銀河は、それぞれが、くるくる回りながら輪になって、ワルツのようです。

それは、到底《とうてい》この世のものとは思えない、時間空間を超《こ》えた、すばらしい銀河の踊《おど》

りでした。銀河たちが、さまざまな美しい光の衣装をまとって、舞踏会《ぶとう》を開いている
かのような……。銀河たちが奏でる響《ひび》きは、音や光を超《こ》えて、争いや私利私欲なく、
すべてのものへの純粋《じゅんすい》な愛というか、生命のきらめきそのものでした。
「ああ、こんなことって……」
あまりの感動に言葉を失い、胸が熱くなって、ただただ、涙《なみだ》が頬《ほお》を伝います。
「銀河たちは、とてつもなく遠大な時空を翔《か》けて、銀河の踊《おど》りを舞《ま》っているんです
よ。たいていの人々は、到底《とうてい》知るよしもなく、目にすることもありませんが、それ
は、いにしえの昔から、永遠の未来にまで続けられています。ですから、銀河だけで
なく、太陽や地球や、その他の星々、さらには電子、原子に至るまで、みんな回り
あって、響きあっているんです。当然、物質も、動物、植物も人間も、そうやって響
きを奏でているんですよ。水や空気や季節だって、回り巡《めぐ》りあっているでしょう？
そうやって、すべてのものは、互《たが》いに和をなし、響きあって奏でている、そう、うた
をうたっている、とでも言った方が、わかりやすいかもしれませんね」
まさに愛そのもの、生命のきらめきのうただ、と思いました。
そういえば、さはるおじいさんと、いのぶおじいさんも、ぷっぷぅーとか言いなが

ら、回っていたっけ、と思い出しました。あれはきっと、この銀河の踊《おど》りをまねた、おじいさん流の踊りに違《ちが》いありません。あのひょうきんな身振《みぶ》り手振《てぶ》りは、到底《とうてい》銀河の踊りに、似ても似つかないけれど、おじいさんたちが考えた、精一杯《せいいっぱい》の表現だったのでしょう。そう考えたら、なんだか微笑《ほほえ》ましくなって思わず、ふふふ……と笑ってしまいました。

「ふらあれんさんのおっしゃるとおり、アレクさんは、なかなかいい感性を持っているんですね」

案内人さんの口から、まさかふらあれんさんの名前が出るとは、思いもよりませんでした。

「ふらあれんさんをご存知なんですか⁉」

「ええ、もちろん。わたしたちもみんな響《ひび》きあっていますから。それはともかくとして、そろそろ奥《おく》の中へ参りましょうか」

「えっ、奥の中って……⁇」

かまわずに、案内人さんは、どこかへ向かって、どんどん進んでいきます。今まで見えていた光のすじもなくなって、いかにも奥へ奥へと、向かっている感じです。

「さあ、着きました。ここです」

それは、ほんとうに、今まで見たこともないものでした。見たこともなく、例えようもないものを言葉で表すのは、ほんとうに難しいのですが、それは、漆黒《しっこく》の空間にぽっかりと浮《う》かびあがり、神々しいばかりの光を放っていました。その大きな光る球のまわりを巨大《きょだい》な輪が、いく重にもとり巻いて、さまざまな角度で高速回転していまず。光の粒子《りゅうし》状のものが、高速で回り巡《めぐ》っているために、いくつもの輪の形に見えているようです。

今まで見てきたすばらしい世界とは、印象が違《ちが》いますが、圧倒《あっとう》されそうな、偉大《いだい》なる存在感があります。

「ここは、今まで見てきた世界の奥《おく》です。ある意味では、中心といえるかもしれません。けれど、奥の中はまだまだずっと続いていて、これがほんとうの中心、というわけではありません。けれど、今回わたしがご案内できる奥の中は、ここまでです」

中心と言えるけど、中心じゃない……わかったような、わからないような。けれども、この巨大な荘厳《そうごん》さは、大仏様を連想させられて、思わず手を合わせて、拝みたくなってしまいそうです。

「ほんとに、アレクさんはいい感性をしてらっしゃいますね。多少の失敗や、わからないことだらけだったとしても、その感性は、だれでもすぐに持つことができる、というわけではない、宝物ですよ」

「でも、ほんとにわからないことばかりで、今までだって失敗ばっかりだったし、この前なんかも、外の世界からアマウツシのもりへ戻《もど》るのに大変だったし、おじいさんたちや、らぶらどに心配かけちゃったし……」

そればかりでなく、ずっと以前のどうしようもない失敗や、ダメな自分のあれこれが、次から次へと思い出され、すっかりしょげてしまいました。すると、巨大《きょだい》な光体からあふれ出した、見えないなにかが、たちまちわたしを心ごと、すっぽり包み込《こ》み、ふんわり金色の光と、とけあってしまうような感じがしました。

それは、繊細《せんさい》な心のひだの、すき間にまで浸《し》み込《こ》んで、失望とか、悲しみとかいったものを、すっかり解き放っていくようでした。

むかし、むかし、赤ちゃんだったころのような、「おかあさーん、おとうさーん」と、とろけるようなうれしさで、叫《さけ》んでしまいそうな、純粋《じゅんすい》で、無垢《むく》で、やさしさにあふれるような……。だれでも内に持っているはずなのに、すっかり忘れてしまっていた、あのおだやかな輝《かがや》き。

とめどなく、涙《なみだ》があふれてきます。こんな気持ちになったことは、ありませんでした。この、なんと呼んだらいいのかわからない、巨大《きょだい》な光体のなにかが、少しわかったような気がしました。ここから、偉大《いだい》な愛ともいうべきものがあふれ、さまざまな世界へ流れ込《こ》んでいるかのようです。

「さあ、なごり惜《お》しいでしょうけれど、そろそろ、アマウッシのもりへ戻《もど》りましょうか」

と、案内人さんが促《うなが》しました。

「はい……。でも、どうやって戻ったらいいんでしょうか。ちゃんと戻れるのかしら」

案内人さんは、にこにこしながら言いました。

「心配性さんですね。ほら、ふらあれんさんからいただいた石、アレクトアルがあるでしょう? 心の中にランドマークとして、それを携《たずさ》えていくんです。内なる輝きに照らされて、ここからだとアマウッシのもりは、エメラルドグリーンの海のように、見えてくるかもしれませんね。途中《とちゅう》まで、わたしがお見送りしますから」

巨大な光体に、お別れを告げて、もと来た世界へと、どんどんつき進んでいきます。流れる光のすじを抜《ぬ》けきって、ほのかにあたりが明るさを増してきました。

「さあ、ここまで来れば、あとはもう大丈夫《だいじょうぶ》でしょう。アレクトアルとともに、自分を信じて、アマウツシのもりへ向かってください」

「ほんとに、ありがとうございました。今回のことは、決して忘れません。すばらしい体験でした。案内人さん、ほんとにほんとに、ありがとう！　また、いつかきっと、会えますよね⁉」

「ええ、いつか。でも、いつでもアレクさんとも響《ひび》きあっていますから……。わたしも楽しかったですよ。それでは、気をつけて。ごきげんよう」

案内人さんはそう言うと、出会った時と変わらないやさしさで、にこにこしながら光の中へ消えていきました。

「いよいよ、ひとりだ。よし、がんばるぞ！」

袋《ふくろ》に入ったアレクトアルを握《にぎ》りしめ、アマウツシのもりをめざします。しばらくすると、霧《きり》の晴れ間から、はるか下の方にもりの海が見えてきました。

「ほんとだ。案内人さんの言うとおり、エメラルドグリーンの海だ！」

だんだん霧が晴れていくに従って、光に照らし出されるもりの海は、きらきらと、

七色の虹《にじ》のような波をいく重にも立てながら、眼下に広がっていました。

それは、銀河たちにも劣《おと》らない美しさで、愛というか、生命の輝《かがや》きを放っていました。

「アマウツシのもりも、ほんとうに、なんてすばらしいところなんだろう」

思わず、そうつぶやいた瞬間《しゅんかん》、まるでジェットコースターが急降下するように、すごい勢いで、ひっぱられていきました。ひゅうひゅうと、耳もとで風を切る音が響《ひび》きます。

「きゃあ――っ‼」

…………

「戻《もど》り方は、まだまだじゃ」

「うん、うん、イマイチじゃ」

そっと目をあけると、おひげをはやしたさはるおじいさんと、つるつる頭で、とんぼめがねのいのぶおじいさんが、にこにこして立っていました。

「はぁ、びっくりした……。アマウツシのもりへ戻《もど》ってこられたんですよね。よかったぁ。でも、まだドキドキしてます」

「どうだったかの？」

「どうだった、どうだった？」

おじいさんたちは、聞きたくてたまらないようすです。

「ええ、ほんとうにすばらしかったです。ありがとうございました。わた菓子屋《がしや》さんが、あんなふうになるなんて、思いもよりませんでした」

それを聞いて、おじいさんたちも満足そう。

「まだまだあるぞ。りんごあめが、赤色巨星《きょせい》で、風せん釣《つ》りが、木星で……」

「いやいや、風せん釣りは、白色矮星《わいせい》だったぞ」

「それって、みんな宇宙の星のことですか？」

「うん、うん、そうじゃ。また行くかの？」

「うん、うん、今度は、せいふぁーと銀河あたりがいいかの？」

おじいさんたちは、のり気です。

「い、いいえ、しばらくは遠慮《えんりょ》しときます。もう少し、いろいろ慣れないと……。それより、さっきは遠慮《えんりょ》しちゃいましたけど、きのこたちといっしょに、踊《おど》りましょう！」

「そうか、そうか」

「踊ろう、踊ろう！」

おじいさんたちは、もうすっかりご機嫌《きげん》です。にぎやかなおはやしも聞こえてきました。色とりどりのきのこたちは、あの色彩《しきさい》豊かな銀河のようです。さすがに、おじいさんたちのようには踊れないけれど、今はもう、ちっとも恥《は》ずかしくありません。

「銀河の響《ひび》きと、だいぶ真《まこと》につりあってきたの」

「うん、うん、真につりあってきた」

おじいさんたちは、顔を見合わせて、うなずきあいました。

「真《ま》つりあいじゃ、真つりあいじゃ」

「まつりじゃ、まつりじゃ」

そっと、アレクトアルの袋《ふくろ》をのぞいて見ると、いっそう輝《かがや》きを増している感じがしました。こうしてみんなで輪になり踊るうち、やがて、おじいさんたちのほんとうの名が、心の中に浮《う》かびあがってきました。

ほんとうの名、それは、めったに明かされることはありませんが、その人の本質をあらわし、力を持っているものとして、大切にされています。

アマウツシのもりの夜も更《ふ》けて、楽しい時が、ゆっくりと流れていくのでした。

虹《にじ》の紫陽花《あじさい》

おだやかな朝、お家《うち》のまわりの、そこかしこに咲《さ》きほこる紫陽花《あじさい》で、うもれてしまいそうな……そして、さっきから漂《ただよ》っている、透《す》き通るようなやさしさの香り、なんともいえないこの感じは、たぶん、賢者《けんじゃ》さんがおいでになるのかもしれない、そう思った時でした。

「ごきげんよう、アレクさん」

その声に、急いで扉《とびら》をあけると、やっぱり賢者さんでした。いつもいらっしゃる時は、こんなふうです。今日は、らぶらどもいっしょでした。

「ようこそ、賢者さん、らぶらど。さあ、どうぞ。ところで、その抱《かか》えていらっしゃるのは?」

大きな紫陽花の花束でも持っていらっしゃるのかと思ったのですが、それは、紫陽花のような髪型《かみがた》をした、小さな子どもでした。

「ちょっと用事があって、この近くへ来たのですが、紫陽花の中にうずもれるようにして、気を失っているのを、らぶらどが見つけたのです。どうやら、この子はひとりで、ここまでたどり着いたようですね。紫陽花《あじさい》のところで、力尽《つ》きてしまったのでしょう」

「大丈夫《だいじょうぶ》でしょうか？　どうぞ、こちらのベッドへ寝かせてあげてください」

賢者《けんじゃ》さんは、そっと、ベッドへおろして言いました。

「しばらくすれば気がつくでしょう。精一杯《せいいっぱい》がんばったみたいですから」

どんな事情があるのかわかりませんが、こんな小さな子が、たったひとりで自分の力を出しきって、アマウツシのもりへたどり着いたなんて、よほどの想《おも》いがあったに違《ちが》いありません。なんともいとおしくなります。わたしなんか、賢者さんのお力添《ぞ》えがあったればこそ、今ここにいるのですから。

そんなことを思って、しばらく見つめていたら、やがて、ゆっくりと目をあけました。

「ああ、よかった。賢者さん、気がついたみたいです」

目を覚ますなり、子どもはいきなり、はっしとわたしにしがみつきました。突然《とつぜん》のことに、目をパチクリしていると、にこにこしながら賢者さんが言いました。

「この子は、アレクさんを捜《さが》していたみたいですね。この前、外の世界へ行った時、どこかで見覚えがありませんか？」

「ええっ、わたしを捜してここまで来たんですか？　でも、この子と会うのは、初めてだと思うけど……」

と、子どもの紫陽花頭《あじさい》を見ているうちに、ふと、思い出しました。

「そういえば、アマウッシのもりへ戻《もど》る、道しるべになった矢印の看板……あそこに、小さな紫陽花が咲《さ》いてました。あの時は、こんなところに、と思っただけでしたけど、ひょっとして、あれがそうだったんでしょうか」

この前、外の世界から戻るために、さはるおじいさんと、いのぶおじいさんが、力を貸してくれた、あの矢印のついた看板でした。

賢者《けんじゃ》さんは、子どもの目をのぞきこんで、なるほど、と納得したようでした。

「アレクさん、戻り方もわからないのに、呼ばれたような気がして、知らないうちに外の世界へ行ってしまったのではありませんか？　この子が呼んでいたんですよ。気づいてくれる、だれかに向かって懸命《けんめい》にね。その呼びかけに、アレクさんが共鳴したわけです。

もちろん、そんな意識はなかったでしょう。この子も、アマウツシのもりの存在を知らなかったみたいですけれど、外の世界には、どうしても同調しきれなかった。だから、もうずいぶん長いこと、紫陽花《あじさい》に姿を変えて呼びかけながら、ひっそりと待っていたようです。そのだれかといっしょなら、希望をもって生きられる、と思っていたんですね。

それで、とうとうアレクさんを見つけた、なんとかそこへ行きたいと、なんのあてもなく、持てる力の限りを出し尽《つ》くし、内なる想《おも》いが外につながって、ようやく紫陽花つながりで、あそこまでたどり着いたのです。紫陽花と、すっかり同調していましたから」

「じゃあ、あの時、偶然《ぐうぜん》にも看板のそばにいて……？」

「本来、偶然ということはないんですよ。おじいさんたちの道しるべが、まずあそこに出たのも、この子の呼びかけに、道しるべの方が同調してしまったのでしょう。アレクさんのあとを追いかけたようですが、いろいろな人に押《お》しのけられたり、はねとばされたりしながらも、がんばったけれど、あのゲートには、間に合わなかったみたいですね」

そんなにまでしてようやく、こうやってしがみついているのかと思ったら、なおさらいとおしくなりました。

「わかった、わかった。だから、ちょっと放してくれないかな」

するとと、その子は前にも増して、ぎゅうっと、しがみついてしまいました。

「く、苦しいよ、待った待った。賢者《けんじゃ》さん、この子といっしょに、ここで暮らしてもいいでしょうか」

賢者さんは、その様子を見て、くすくす笑いながら、

「ええ、もちろんですよ。アレクさんの自由にしてくださっていいんです。その方が、この子も喜ぶでしょう」

それを聞いて安心したのか、ようやく離《はな》れてくれました。

「それじゃ、まず名前をつけなくちゃ。えーっと、紫陽花《あじさい》の紫陽《しよう》という字からとって、シヨウっていうのはどうかな?」

自分もかつて、そうしてもらったように、ちょっぴり先輩《せんぱい》気分です。子どもは、目をうるうると輝《かがや》かせて、つぶやきました。

「シヨウ……」

「わたしはアレク。これから、いっしょにここで暮らそう。よろしくね、シヨウ」

「うん！　シヨウの名前は、シヨウ。アレクがつけてくれた！　うれしい、すごくうれしい。アレク、ありがとう！」

すっかり、とろけそうな笑顔です。

「よかったですね。ほんとうに」

賢者《けんじゃ》さんもやさしく微笑《ほほえ》み、らぶらどもうれしそうです。

「シヨウ、賢者さんとらぶらどにも、お礼を言わなきゃ。ここへ運んで来てくださったんだもの」

すっかり先輩《せんぱい》気取りで、さっそくお世話をやいてしまいました。

「賢者さんとらぶらどさん、助けてくれてありがとう！……シヨウ、おなか空いた……」

ようやくほっとして、気も緩《ゆる》んできたのでしょう。思わず、みんな顔を見合わせて笑ってしまいました。

「よかったら、みなさんでプリンを召《め》し上がりませんか。ちょうど、たくさん作ってみたんです」

にぎやかに、みんなでテーブルを囲んで、楽しいティータイムとなりました。シヨウは、たちまちプリンをひとつ平らげると、スプーンを握《にぎ》ったまま、もじもじしています。

「シヨウ、もっと食べる？　ここまで来るのに、がんばったんだものね」

「うん。シヨウ、プリンっていうの好き！」

たちまち二個目のプリンを平らげ、三個目に手をつけようとした時、突然《とつぜん》スプーンを置いて、叫《さけ》び出しました。

「ふりたいきもちがする！　ふりたいきもち、ふりたいきもち！　シヨウ、とっても、ふりたいきもち！」

そう言いながら、じっとしていられない

ようです。

「シヨウ、どうしたの？　トイレに行きたいの？　こらっ、だめだよ。食べてる途《と》中《ちゅう》で走り回っちゃ！」

「ふりたいきもち、ふりたいきもち！」

そう言いながら、テーブルのまわりを、ぐるぐる回るのを追いかけて、ようやくおさえ込《こ》んだ時でした。

ざ――っ……。

急に、夕立のような激しい雨。ふたりが、どたばたしているのもかまわず、ゆったり平然とすわって、優雅《ゆうが》にお茶を召《め》し上がっていた賢者《けんじゃ》さんが、静かに言いました。

「シヨウは、風のうたや、水のささやきがわかるのですね」

しばしの静けさ。激しい雨の音だけが響《ひび》きます。しばらくすると、

「シヨウ、もうふりたいきもちじゃなくなった……」

そう言うか、言い終わらないうち、まるで、さっきまでの雨がうそのように、ピタ

りとやんでしまいました。

「ショウは、すごいね」

思わず、そうつぶやかずには、いられませんでした。

「アレク、こっちへ来て。早く、早く」

「えっ、今度はなに？」

ショウは、わたしの手をぐいぐいひっぱって、扉《とびら》をあけ、外に出ました。

なんと、真っ青に晴れあがった空には、目のさめるような鮮《あざ》やかな七色の虹《にじ》が、かかっています。

「うわぁ、なんてきれい！」

賢者《けんじゃ》さんと、らぶらどもも出てきました。

「やっぱり、虹が出ましたね。ショウは、これを見せたかったんですね。さて、わたしもこのために、この近くまで来たのですから、そろそろおいとましましょうか。七色の虹《にじ》の光をいっぱい浴びた紫陽花を、ふらあれんさんにお届けしたいので」

そう言うと、賢者さんは、いつのまにか紫陽花の花を手に、らぶらどにまたがりました。

「それではアレクさん、ごちそうさまでした。シヨウも元気でいてくださいね。ごきげんよう」

お陽《ひ》さまの色に輝《かがや》くらぶらどは、やさしく微笑《ほほえ》む賢者《けんじゃ》さんをのせて、たちまち、すいこまれそうな青い空へ舞《ま》い上がり、虹《にじ》の橋をくぐりぬけるように飛んでいきました。そのさまは、あまりにも美しく、神話の世界を垣間《かいま》見たかのようでした。

シヨウと手をつないだまま、しばらくじっと、夢見ごこちで、空を見つめていました。

「ねえ、アレク……」

と、シヨウが言いました。

「これからも、こうやってシヨウといっしょに、虹《にじ》を見ようね」

「なあに？」

「うん。また、いっしょに見ようね」

シヨウの頭の紫陽花《あじさい》も、七色に輝《かがや》いています。

こうして、新たな生活が始まろうとしていました。新しい暮らしは、きっと楽しいことが待っているにちがいない、そんな気がしてくるのでした。

えぴろーぐ――旅人――

いつのことか、ある町に、どこからか、ひとりの旅人がやって来ました。旅人といっても、なにか目的があるわけではなく、さまよい歩く浮浪《ふろう》者にすぎませんでした。

旅を続けていれば、それなりの危険な目にもあいますが、今もこうして旅を続けていられるのは、それを切り抜《ぬ》けるだけの力があったのか、あるいは幸運だったのか、定かではありません。

ともかくも、温暖な季候に恵《めぐ》まれた、このあたりの国々をめぐり歩けば、食べ物や、着る物を差し出してくれる人も多くあって、あちこちで、納屋をその日の塒《ねぐら》に借りれば、生きていくのにも、さほど困りませんでした。

このあたり一帯では、災害もほとんどなく、作物もよく育ち、自国の利益だけのために、命がけの争いをするような、ばかげたことをしなくても、まじめに働けば、豊

かに暮らしていくことができたのです。

ところが、そんな平和な町へ、ある日、突然《とつぜん》どこからか、大群の兵隊が押《お》し寄《よ》せて来ました。当然のことながら、人々はなす術を知りません。たちまち捕《と》らえられ、家や財産すべて、身ぐるみはがされて、牢屋《ろうや》に入れられてしまいました。

それでもなかには、勇敢《ゆうかん》に抵抗《ていこう》した者もありましたが、生まれた時から戦いを知らない者が、かなう相手ではありません。武器になるようなものといえば、農機具くらいなもので、クワやカマを人にむけるなど、思いもよらないことでした。そして、どこかへ連行されていった者もありました。

旅人も容赦《ようしゃ》なく捕らえられ、牢屋へ押《お》し込《こ》められていました。この先、どうなるのだろうかと思ったのは、旅人にとって、おそらく初めてだったに違《ちが》いありません。

やがて、兵隊のひとりが牢屋へやって来て、大声で告げました。

「まもなく王様が、ここにおいでになる。ひとりずつ前へ出て、王様を喜ばせることをやって見せよ。身ひとつで、なにかほかのものを使うことは許さぬ。ただし、王様の御前《みまえ》で、はだか同然では無礼であるから、布を一枚だけ与《あた》えることとする。われらが王様は、大変、慈悲《じひ》深いお方であるから、見事、喜ばせることができた者は、釈《しゃく》放《ほう》がかなうであろう。喜ばせることができなかった者は、命の保証はないと思え」

命の保証はできないという王様の、どこが慈悲《じひ》深いというのだろうかと、旅人は思いました。しかし、王様を喜ばせることなど、まったく考えが浮《う》かびませんでした。

ほどなく、大勢のりっぱなお付きの従者に囲まれて、王様が到着《とうちゃく》しました。町の人々は、兵隊が押《お》し寄《よ》せるという、前代未聞な事件があっただけでも、恐《おそ》ろしさと驚《おどろ》きで、腰《こし》が抜《ぬ》けそうなほどでしたのに、そのうえ、さらに王様の気持ちひとつで、生死が分けられるとなると、もう今にも泣き出しそうな顔つきになり、震《ふる》えが止まりませんでした。

「ひとり目の者、前へ！」

兵隊が叫《さけ》んでも、だれも動こうとしません。

「早く出て来ないか！　ええーい、勇気ある者は、いないのか！」

そう言われても恐ろしくて、頭を下げ、うずくまっているばかりでしたが、やがておずおずと、ひとりが前に歩み出ました。

「王様の御前《みまえ》にて、わたしは舞《ま》いを披露《ひろう》いたします」

うやうやしくおじぎをすると、恐怖《きょうふ》と緊張《きんちょう》で体がこわばっていたものの、さすが、町一番と言われる舞手《まいて》でしたので、ひとたび舞《ま》いはじめれば、身ひとつであろうと、それは見事なものでした。

「見事であった。釈放《しゃくほう》を命じる」

その言葉に、町の人々は希望を見い出したようでした。美しい声で歌う者、おもしろおかしい話を披露《ひろう》する者、太鼓《たいこ》の名手は、太鼓のかわりに手や足を打ち鳴らし、しまいには、腹鼓《はらつづみ》まで打って、体中を太鼓にみたて、王様を喜ばせました。

ひとり、またひとりと、次々に釈放《しゃくほう》されていきます。豊かで、おだやかな暮らしの中から、人々は、働くことのほかにも、芸ごとや祭りごとなどで、日ごろから生活そのものを豊かに過ごしていたため、たいていの者は、王様を喜ばす手段には困りませんでした。芸は身を助ける、まさしくその言葉どおりとなりました。

ところが、その反対に旅人は、ますます身をこわばらせていました。あちこちで見聞きしたことでも、おもしろく話せればよかったのですが、なにしろ、なんの目的も持たず、ただなんとなく生きてきたので、人に語れるようなものなど、心の中の、どこにも残ってはいませんでした。

たとえ、作り話でもいいから王様を喜ばせようにも、旅人は口べたです。もとより、人を喜ばせようなんて、今までの人生で考えたこともありませんでしたから、用さえ足りれば、口べただろうが、なんだろうが、一向にかまわなかったのです。

町の人々は、だんだん釈放《しゃくほう》されていき、旅人を含《ふく》めて、あと何人かになってしまいました。

「ああ、こんなことなら……」

こういう時は、だれもがそうつぶやきたくなるに違《ちが》いありません。

実は、旅人はもう長い間、一度も故郷に戻《もど》っていませんでした。そもそも旅に出たきっかけは、自分がなにをしたいのか見つけるためなどと、最初のうちは、かっこうをつけていたのでしたが、別にそんなもの見つけなくたって、困らずに生きてこれたのです。なんとなく生きていることを、つまらないと思うことさえなかったのですが、ただ気がかりだったのは、こんな自分では親にうとまれるかもしれない、ということでした。ですから、どうしても故郷に足が向かずにいました。旅人にとって、一番恐《おそ》れていたのは、なによりも母に嫌《きら》われ、父に見放されることだったのです。

旅人が幼いころ、父は、賢《かしこ》くたくましくなるようにと、学問、武術などさまざまなことを教えようとしました。母は、情操豊かであるようにと、うたや踊《おど》り、芸ごとなどを習わせようとしました。しかし、おもしろくないとか、もう飽《あ》きたとか、疲《つか》れたとか言っては、どれも長続きしませんでした。だからといって、両親は、あきらめるでもなく、責めるでもなく、あれがだめならこれは、といった具合に、次をすすめるのでした。

ですから、旅人はなおさらのこと、あの時なにかやっていれば、と思い、また旅の途中《とちゅう》で、いくらでもその気になれば、なにか身につけられたであろうことが、悔《く》やまれてなりませんでした。

いくら悔やもうと、すでに手遅《おく》れです。そうしている間に、とうとう旅人が最後のひとりとなってしまいました。みんな釈放《しゃくほう》されていったというのに、自分だけがみじめな最後になるのかと思うと、恐怖《きょうふ》心に加え、人生の負け犬みたいで、やりきれませんでした。

もう、残された命もあとわずか。これでおしまいだ……。追いつめられた人間が、最後に想《おも》うのは、やはり故郷の父母でした。もう二度と生きて会うこともないのかと思うと、はらはらと涙《なみだ》がこぼれました。自分がこの世を去っても、父母に知らされることはないでしょう。

生きるということを、これほど真剣《しんけん》に感じたのは、生まれて初めてのことでした。もう助からない、そう悟《さと》った時、旅人は心の中で叫《さけ》びました。

（ああ、神さま、こんなことになるなんて……！　これまで過ごしてきたことへの、むくいに違いありません。でも、せめて最後に、一目だけでいいから、父さん、母さんの顔が見たかったです……）

父母に孝行してこなかったなどと、そんなりっぱな思いは、旅人にありませんでしたし、信心がなくても、追いつめられた最後には、神よ、と叫んでしまうものなのでしょう。

涙《なみだ》を流し、絶望にうずくまっている旅人を、兵隊は引きずるようにして、王様の前へひっぱっていきました。

「おもてを上げよ」

いよいよ、最後の審判《しんぱん》の時がやってきました。なにをしても、しなくても、命の保障などない旅人でした。覚悟《かくご》を決め、おそるおそる頭を上げ、王様の顔を見上げました。

「ああっ……！」

旅人は、声をあげて驚《おどろ》きました。王様のまなざしは、どこか、あのおおらかな母のおもかげを宿し、その堂々とした風貌《ふうぼう》は、父の雰囲気《ふんいき》そのものだったのです。涙《なみだ》にくもって、そう見えただけなのかもしれません。

（きっと、神さまが願いをきいてくれたにちがいない……）

最後の最後に、なつかしい父母のおもかげに会わせてもらった、もう思い残すことはない、そう思うと、旅人は、なんとも言えないありがたさと嬉《うれ》しさで、静かに、満面の笑みをたたえました、その笑顔は、まるで満月のように、こうこうと輝《かがや》いていました。

「うむ。まれにみる実に見事な笑顔であった。この者を、余の側近として、召《め》しかかえる」

なんの芸もない旅人にできた、たったひとつのこと、それは、王様を喜ばせた、すばらしい笑顔だったのです。

思いもかけず、命拾いをした旅人は、王様の側近として忠誠を尽《つ》くし、今度は生まれ変わったように己をみがき、向上させることを心がけました。故郷の父母も大変喜び、やがて、美しく、やさしいお姫《ひめ》様といっしょになって、いつしか、もりの奥《おく》深く幸せに暮らしました。
そのもりが、どこにあるのか
それは、だれもが知り得るけれど
たどり着いた者にしか
わからないと言われています。

そして、そのもりは
この世にひっそりと
けれども、たしかに
今も、存在しているということです。

あとがき

この本を手に取りページをめくってくださったこと、物語をお読みくださいましたことに、まず心より感謝申し上げます。

この本は、絶版となっていた『一枚の紙』二〇〇五年刊と、『銀河の踊り』二〇〇七年刊を合本し、少し手直しを加えた復刻版です。

一般の主婦が物語を書き、出版する運びとなったのは、ある転機がことのはじまりでした。初秋のある日、家路に向かっていた私は、人通りの少ない住宅街の道で交通事故にあいました。右第三〜九肋骨骨折、右血気胸、右鎖骨骨折、右頬骨骨折、右上腕骨骨折、頭蓋底骨折、顔面右足挫創、右肘左大腿部挫傷、肝挫傷、骨折だけでも十六ヶ所、右肺はぺしゃんこにつぶれ、意識不明の重体で医師は、よくもってあと三日と宣告しました。すさまじい痛みは、もはや痛み止めさえ効かず、この世と別世界を行き来していましたが、奇跡的にも命をとりとめました。しかも、大きな手術をすることなく。

しかし、記憶の一部が消え、簡単な漢字すら変な当て字しか思い浮かばず、それを自覚した時はショックでした。右手は字を書くどころかハシさえ持てない、自分の頬にすら手が届きません。起き上がることも、歩くことも出来ず、リハビリの第一歩は、まず自力で呼吸することでした。激しい痛みをともなう治療とリハビリの病院生活は、人目にはさぞ悲惨に映ったことでしょう。けれど私にとっては、喜びと感謝と新しい体験のほんとうに楽しい日々でした。心をよじ切られるような苦しみに比べたら、体の痛みくらいなんか、がまんすればいいだけ。それより、今までの生活にはなかった、一人の人間として尊重してもらえることがとても新鮮で、病院がまるで天国のように思えました。

この事故で、まさに旧き自分は死に、新しい自分が生まれたのだと思います。退院後、それまでの環境とは一八〇度がらりと変わり、考えられないほどまったく新しい別の人生を歩むこととなりました。心配された後遺症もほとんどありません。

そんな折、今は亡き友人の一言がきっかけで、ふと自分にも物語が作れるのではないかと思いました。目を閉じれば、まるでアニメ映画のように、次々とお話が映ってきます。それを頭の中で編集し、文字に置き換えていく……自分がかつて体験したこと、夢に見たことが絶妙に織り合わさって、不思議なひとつの物語が出来上がっていました。自分が書いたというより、なにか別の力が働いたように思えてなりません。

埋もれていたこの物語に、再び光を当ててくださいました文芸社の方々に感謝申し上げますと共に、お読みくださる方にとって、この物語が、ささやかな心のオアシスになれましたらと願っています。

増田　かな子

著者プロフィール

増田 かな子（ますだ かなこ）

神奈川県出身。

1978 年、白百合女子大学国文学科卒業。

事故に遭い、臨死体験後、執筆をはじめる。

2011 年、軽井沢町に移住。

夫の仕事を手伝うかたわら、創作を続ける。

著書に「一枚の紙」（新風舎 2005 年刊）「銀河の踊り」（新風舎 2007 年刊）がある。

アマウツシのもり

2013年 4 月15日　初版第 1 刷発行

著　者　増田 かな子
発行者　瓜谷 綱延
発行所　株式会社文芸社
〒160-0022　東京都新宿区新宿1－10－1
電話 03-5369-3060（編集）
03-5369-2299（販売）

印刷所　株式会社フクイン

ISBN978-4-286-13539-7